Bianca

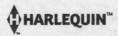

W9-BRR-991

REDIMIDOS POR EL AMOR
Kate Hewitt

HARLEQUIN

Editado por Harlequin Ibérica.
Una división de HarperCollins Ibérica, S.A.
Núñez de Balboa, 56
28001 Madrid

© 2019 Kate Hewitt
© 2019 Harlequin Ibérica, una división de HarperCollins Ibérica, S.A.
Redimidos por el amor, n.º 2723 - 4.9.19
Título original: Greek's Baby of Redemption
Publicada originalmente por Harlequin Enterprises, Ltd.

I.S.B.N.: 978-84-1328-130-8
Depósito legal: M-22915-2019
Impreso en España por: BLACK PRINT
Fecha impresion para Argentina: 2.3.20
Distribuidor exclusivo para España: LOGISTA
Distribuidor para México: Distribuidora Intermex, S.A. de C.V.
Distribuidores para Argentina: Interior, DGP, S.A. Alvarado 2118.
Cap. Fed./Buenos Aires y Gran Buenos Aires, VACCARO HNOS.

Capítulo 1

NO SE vaya.

Milly James se quedó inmóvil, conmocionada al oír esas palabras pronunciadas con voz ronca por un hombre al que nunca había visto en persona: su jefe.

–¿Cómo? –se volvió lentamente parpadeando en la penumbra del despacho, cuyas cortinas estaban corridas para que no entrara la luz del sol que brillaba sobre el mar Egeo. Era un hermoso día de verano, pero en aquel despacho podía haber sido una noche cerrada de invierno. Las gruesas paredes de piedra de la villa la protegían del tórrido calor de la isla.

–No se vaya.

Era, indudablemente, una orden pronunciada con brusca autoridad. Así que ella cerró lentamente la puerta del despacho.

Ni siquiera se había dado cuenta de que él estaba allí cuando la había abierto para hacer la limpieza habitual. Había retrocedido al verlo sentado entre las sombras, apenas visible.

Las instrucciones de Alexandro Santos habían sido claras: no había que molestarlo. Nunca. Ahora, ella lo acababa de hacer sin querer, porque había oído arrancar el motor del coche y pensado que se había marchado.

Intentó divisarlo en la penumbra. ¿Estaba enfadado? ¿Cómo podía haber sido tan descuidada?

–Lo siento, *kyrie* Santos. No sabía que estaba aquí. ¿Necesita algo? –preguntó con una voz todo lo firme que le fue posible.

En los casi seis meses que llevaba contratada como ama de llaves, solo había hablado con Alexandro Santos una vez, por teléfono, cuando él le había ofrecido el empleo. Era la primera vez que él había vuelto a su lujoso retiro en la isla griega de Naxos desde que ella había empezado a trabajar.

Milly llevaba dos días andando de puntillas por la villa intentando no cruzarse con él, ya que le había dejado muy claro que no quería que lo molestaran. Y ahora parecía que había metido la pata hasta el fondo.

–Lo siento mucho –se disculpó ella deseando que él dijera algo que rompiera el tenso silencio–. No volveré a molestarlo…

–No importa –dijo él haciendo un gesto con la mano, que ella sintió más que vio–. Me ha preguntado si necesito algo, señorita James.

Ella deseó poder verle el rostro, pero la habitación estaba muy oscura y la escasa luz que se filtraba a través de las cortinas solo le iluminaba la parte superior de la cabeza.

Forzó la vista para ver mejor y él, como si lo hubiera notado, se levantó del escritorio y se acercó a la ventana, por lo que quedó de espaldas a ella. La escasa luz recortaba su silueta: era alto, de complexión fuerte y anchos hombros.

–Sí, necesito algo.

–¿Qué desea? ¿Quiere comer o que le limpie el despacho…? –se calló porque tuvo la repentina sensación de que él no deseaba nada de eso.

Alexandro Santos no la contestó. No se había movido y ella seguía sin verle el rostro. Sabía cómo era porque lo había visto en Internet al buscar información sobre él, cuando la había contratado: pelo negro, pómulos elevados, fríos ojos azules y un cuerpo poderoso.

Era tremendamente guapo. Ella había sentido un escalofrío al verlo. Parecía concentrado y distante a la vez y la resolución brillaba en sus ojos azules.

–¿Cuánto lleva trabajando para mí, señorita James? –preguntó él, por fin.

–Casi seis meses.

Milly trató de no ponerse nerviosa. Él no tenía ningún motivo para despedirla, ningún motivo de queja. Llevaba cinco meses y medio limpiando la villa, ayudando en el jardín y pagando las facturas domésticas. Ser ama de llaves de una casa que estaba casi siempre vacía era un trabajo fácil, pero le encantaba la villa y la isla de Naxos, y estaba muy contenta con el empleo y el sueldo.

Aunque a algunos les parecería que llevaba una vida solitaria, a ella le gustaba. Después de muchos años de vivir en los márgenes de la caótica vida social de sus padres, de ir pasando de internado en internado, con una serie interminable de fiestas disipadas entre medias, deseaba estar a solas, así como el sueldo extremadamente generoso que Alexandro le había ofrecido. No podía quitárselo ahora que ya estaba cerca de haber ahorrado el dinero suficiente para que Anna fuera feliz y estuviera a salvo para siempre.

–Seis meses –Alejandro se volvió ligeramente, de modo que ella distinguió su perfil: el cabello muy corto, la nariz recta y los labios carnosos.

Parecía una estatua, un hermoso bloque de mármol, oscuro y peligroso, frío y perfecto. Incluso en la penumbra, ella percibió su actitud distante, lejana.

−¿Es feliz aquí?

¿Feliz? La pregunta la sobresaltó. ¿Por qué iba a importarle la felicidad?

−Sí, mucho.

−Pero se debe de sentir sola.

−No me importa estar sola −se relajó un poco, porque le pareció que a él simplemente le preocupaba su bienestar. Sin embargo, aquel no parecía su jefe, un hombre que, según Internet, era un adicto al trabajo, frío y resuelto, del que se rumoreaba que era implacable con la competencia.

Un hombre que, cuando se le fotografiaba en eventos sociales, tenía una expresión dura y nunca sonreía. A veces lo acompañaba alguna elegante mujer del brazo, a la que casi nunca prestaba atención, al menos en las fotografías y vídeos que ella había visto.

−Pero es usted muy joven. ¿Qué edad…?

−Veinticuatro −él ya lo tenía que saber por su breve currículo.

−Y ha ido a la universidad.

−Sí, en Inglaterra.

Había estudiado Lenguas Modernas durante cuatro años. Hablaba bien italiano y francés, además de inglés, su lengua materna, y ahora tenía conocimientos rudimentarios de griego. Pero él ya lo sabía.

−Entonces, es indudable que aspirará a algo más que a limpiar habitaciones.

−Estoy muy contenta como estoy, *kyrie* Santos.

−Llámame Alex, por favor. ¿No has pensado en volver a París? Creo que trabajabas de traductora antes de venir aquí.

−Sí −y le pagaban una miseria, comparado con lo que ganaba ahora.

Pensó en los días pasados en una oficina gris traduciendo aburridas cartas de negocios. Después pensó en Philippe, con su rubio cabello, su radiante sonrisa y sus melifluas palabras, y se estremeció.

—No deseo volver a París, *kyrie*…

—Alex.

Ella no dijo nada, nerviosa porque no sabía dónde quería llegar él con aquellas inquietantes preguntas.

—¿Y el amor? —preguntó él de repente—. Un esposo, hijos… ¿Quieres tenerlos algún día?

Milly vaciló, sin saber qué responder. Era una pregunta inadecuada viniendo de tu jefe. Pero ¿cómo no iba a contestarla?

—Te lo pregunto porque prefiero tener a alguien de forma permanente —dijo Alex, como si le hubiera leído el pensamiento—. Si vas a marcharte al cabo de un año detrás de un hombre…

—No voy a irme detrás de ningún hombre —respondió Milly con dignidad.

En otro tiempo, se hubiera ido con Philippe, lo hubiera seguido a cualquier sitio. Hasta que descubrió la verdad, hasta que él se la contó. Aún recordaba el brillo burlón de sus ojos y la mueca cruel de su boca.

—Esa pregunta es ofensiva.

—¿Ah, sí? —Alex siguió de espaldas a ella. Era imposible saber lo que pensaba. ¿Por qué le hacía preguntas tan personales?—. ¿Y qué me dices de tener hijos? —preguntó él al cabo de unos segundos.

—No lo he pensado. De momento, no me interesa.

—¿De momento o nunca?

Milly se encogió de hombros.

—De momento no, desde luego. Tal vez nunca. En cualquier caso no a corto plazo.

Sabía lo tensas que podían ser las relaciones familiares. Y, aunque quizá tuviera instinto maternal, no deseaba ejercitarlo. Anna era su preocupación fundamental.

—¿Así que no quieres tener hijos?

Milly se ruborizó. ¿Por qué intentaba acorralarla con aquello?

—Puede que algún día —masculló—. No lo he pensado. Pero no veo por qué te interesa tanto.

—Tal vez lo entenderás.

—¿Perdón? —él no dijo nada y ella expulsó el aire que había estado conteniendo—. ¿Algo más, Alex? Si no quieres nada más, voy a…

—Eso no es todo. Tengo que hacerte una propuesta.

—¿Una propuesta? —a ella no le gustó la palabra, cargada de insinuaciones, incluso pronunciada en el tono cortante de Alexandro Santos—. No sé si…

—Totalmente respetable —ella esperó sin saber qué responder—. Una propuesta de negocios —aclaró él—. Muy generosa. Aceptaste este empleo por el sueldo, ¿verdad?

—Sí —y para alejarse de París y de los ojos burlones de Philippe. Pero no iba a contárselo.

—¿El dinero es un incentivo para ti?

—Lo es la estabilidad económica.

Y ahorrar dinero para Anna, pero eso era otra cosa que no tenía intención de explicarle. Era muy complicado, triste y sórdido, y no hacía falta que su jefe conociera detalles personales de sus empleados.

—Mi propuesta de negocios te proporcionará, sin duda, estabilidad económica. De hecho, se podría decir que es su principal beneficio, aunque reconozco que, a primera vista, puede parecerte una idea muy poco convencional.

Soltó una risa carente de alegría que a ella la habría dejado helada si no hubiese sonado tan desesperada.

–Aunque puede que no, teniendo en cuenta lo sensata y equilibrada que pareces. Creo que verás las ventajas prácticas.

Milly lo miró inquieta y totalmente perdida.

–Gracias, pero no sé de qué me hablas. ¿De qué propuesta se trata?

No estaba segura de querer saberlo. Fuera lo que fuera, no parecía normal.

¿Qué podía querer él de ella, a cambio de dinero?

No era ingenua ni tan inocente. Se imaginaba lo que podía ser, pero no se lo podía creer. Sabía que no era guapa. Tenía el cabello fino y castaño, los ojos del mismo color y era delgada y sin nada destacable en su figura. No despertaba pasiones en los hombres, a pesar de que, una vez, estúpidamente, lo había creído. Pero no iba a pensar en Philippe.

¿Y no sería igual de estúpido imaginar que un hombre como Alexandro Santos, un guapo multimillonario que podría tener a cualquier mujer que deseara, estaba interesado en ella en ese sentido? Era ridículo, y haría bien en recordarlo.

Pero, ¿qué querría? ¿Qué otra cosa tenía ella? Buscó en su cerebro posibles respuestas. ¿Y si deseaba algo raro? ¿Y si tenía alguna manía fetichista o extraña que no se atrevía a revelar a alguien que considerara respetable? No, se estaba dejando llevar por la imaginación. Tal vez lo único que quisiera fueran sus servicios de ama de llaves.

A lo mejor quería llevarla a Atenas para que limpiara el ático que tenía allí. Pero Milly se dijo que se estaba engañando, que era evidente que lo que Alex Santos le iba a proponer se salía de lo corriente.

–Alex…

Él seguía sin volverse y sin decirle nada.

–¿Vas a decirme en qué consiste tu propuesta?

Él continuó dándole la espalda al contestar con voz carente de toda emoción.

–Quiero que te cases conmigo.

Aunque Alex seguía mirando por la ventana, percibió la conmoción de Milly, que atravesó la habitación como una corriente eléctrica. Volvió la cabeza para mirarla y forzó la vista en la penumbra. Tenía los ojos como platos y los labios entreabiertos.

No era hermosa, pero había algo cautivador en su cuerpo delgado, en la orgullosa colocación de sus hombros y en su innata dignidad. Se sorprendió sintiendo deseo, algo que llevaba años sin experimentar y que era muy poco conveniente.

–No… No hablas en serio –tartamudeó ella.

–Te aseguro que sí.

–¿Por qué quieres casarte conmigo?

Era una excelente pregunta, desde luego, que Alex pensaba responder con sinceridad. No habría engaños en su matrimonio ni fingimientos en lo que quería que fuera una transacción comercial.

–Porque no tengo tiempo de encontrar a una mujer más adecuada y dispuesta.

–Vaya, gracias –le espetó ella con amargura.

–Y –prosiguió él, implacable– porque necesito un heredero lo antes posible.

Milly reculó hasta golpearse con la puerta. Buscó el picaporte con la mano.

–No te alarmes. Intento ser sincero. Sería una estupidez que cualquiera de los dos fingiera que nuestro matrimonio sería algo más que un acuerdo comercial, que, desde luego, implicaría cortesía y respeto por ambas partes.

—Pero has hablado de un heredero…

—No sería una unión solo de nombre, evidentemente —habló con calma, aunque se le llenó de imágenes el cerebro: la piel dorada a la luz de las velas, el cabello castaño sobre los hombros desnudos y con lunares…

Era absurdo, ya que su matrimonio no sería así. Además no sabía si ella tenía lunares.

—Evidentemente —repitió Milly, todavía desconcertada.

—Y el tiempo es esencial, aunque podemos discutir los detalles, suponiendo que estés dispuesta.

—Dispuesta —casi gritó ella.

La había conmocionado y ella ni siquiera le había visto aún el rostro. Pensarlo estuvo a punto de hacerlo reír, pero llevaba meses sin que nada le resultara gracioso. Veintidós meses, para ser exactos.

Una vez recuperada la compostura, Milly habló con voz firme.

—No estoy dispuesta.

—No te he dicho las condiciones.

—No me hace falta. No acostumbro a venderme.

—Estaríamos casados. No podría considerarse así.

—Yo sí lo consideraría.

Ella negó con la cabeza mientras un escalofrío la recorría de arriba abajo, una reacción visceral causada por algo similar a la repugnancia.

—Lo siento, pero no, de ninguna manera —dijo con tal vehemencia que él se quedó intrigado, además de enfadado. Era un inconveniente que ella se negara.

—Casi parece que te han hecho esa propuesta antes. Reaccionas como si recordaras algo ofensivo, como si mi propuesta te recordara otra.

—¡Por supuesto que no!

—¿Por supuesto? —preguntó él enarcando una ceja, la que ella podía verle.

—La mayoría de los hombres no acostumbra a hacer semejantes propuestas —dijo ella con voz fría y ofendida.

—¿Ah, no? Los matrimonios, en su mayor parte, son contratos comerciales, una negociación, con independencia de las emociones que los apuntalen.

—Sin embargo, nuestro matrimonio carecería de sostén emocional. Ni siquiera te conozco. Hasta hoy, no te había visto en mi vida.

—Eso no es extraño en situaciones como esta.

—¿Qué te hace pensar que quiero casarme?

—Nada. Como te he dicho, se trata de un acuerdo de negocios. Creo que lo que te atraerá de mi propuesta es la estabilidad económica, nada más.

Ella no dijo nada y Alex se volvió un poco para verle el rostro. Tenía los ojos muy abiertos y los labios apretados.

Parecía inquieta, pero también se veía que estaba en un dilema. Mientras la miraba, ella se mordisqueó los labios mirando a todos lados. Parecía que a una parte de ella le tentaba su propuesta, aunque no quisiera reconocerlo.

—Estabilidad económica —dijo ella, por fin—. ¿A qué te refieres?

—A que haré que merezca la pena que te cases conmigo.

Ella negó con la cabeza.

—Parecería que me estoy vendiendo a un desconocido. Creo que el matrimonio debe tener al menos una base emocional, si no hay amor.

Él ladeó la cabeza.

–Tus palabras parecen cínicas.

–¿Cínicas?

Como si no te las creyeras. Quieres, pero no quieres.

–Lo que crea o deje de creer no es de tu incumbencia ni tiene nada que ver con esta conversación –le espetó ella–. La respuesta sigue siendo negativa.

–¿Por qué? ¿No te interesa?

–¿Por qué?

Parecía incrédula, pero también acorralada, en sentido figurado y literal, ya que tenía la espalda apoyada en la puerta y respiraba pesadamente, por lo que él veía cómo le subían y bajaban los pequeños senos. Algunos mechones se le habían escapado de la cola de caballo y le enmarcaban el rostro en forma de corazón. Se dijo, con sorpresa, que era encantadora.

Al tomar la decisión de casarse con ella, no había tenido en cuenta su aspecto. La tenía a mano, era adecuada y su baja posición social le permitiría manejarla a su antojo. Era lo único que necesitaba.

–Sí, ¿por qué? –repitió él–. ¿Por qué ni siquiera estás dispuesta a considerar mi oferta? ¿No tienes ninguna pregunta sobre la naturaleza del acuerdo?

Ya la has dejado muy clara.

–¿Te refieres al sexo?

–Claro.

–¿Desapruebas tener sexo con tu esposo?

–Desapruebo casarme con alguien por el que no siento nada y al que ni siquiera conozco.

–Sin embargo, la gente lleva siglos haciéndolo.

–De todos modos.

–Me has dicho que no te interesaba el amor.

–En este momento de mi vida no me interesa.

–O tal vez nunca, creo que has dicho. ¿Entonces?

–Eso no significa que quiera casarme contigo –parecía irritada. Alex sonrió fríamente.

–¿Cinco millones de euros te harían cambiar de opinión?

Ella abrió la boca, la cerró y la volvió a abrir. Y lo miró con los ojos como platos.

–Eso es mucho dinero –musitó.

–En efecto. ¿Te interesan ahora los detalles?

Ella se mordió el labio inferior.

–¿Crees que voy a cambiar de opinión solo por dinero? Es insultante.

–La estabilidad económica es un poderoso incentivo.

–No soy una cazafortunas –estalló ella, como si se le estuviera abriendo una vieja herida.

–Ya lo sé, Milly.

–No voy a venderme.

–No dejas de repetirlo, pero considerarlo así resulta desagradable. Te recuerdo que estamos hablando de casarnos, no de que seas mi amante.

–Pero sigue siendo cierto, de todos modos.

–No necesariamente. Es un trato del que ambos nos beneficiaremos.

La victoria parecía más cerca. Era difícil de alcanzar, pero posible. Ella no se había marchado hecha una furia ni lo había abofeteado. Era cierto que aún no le había visto el rostro. Todo llegaría a su debido tiempo.

–¿Por qué no te sientas, Milly?

–Muy bien –se dirigió a una de las sillas que había frente al escritorio y se sentó con los pies cruzados y las manos en el regazo, como una matrona respetable–. ¿Podemos encender la luz? Apenas te veo y nunca te he visto en persona, lo que es ridículo, teniendo en cuenta la naturaleza de la conversación.

Él se puso tenso, pero trató de relajarse.

—No me gusta la luz.

No serás un vampiro, ¿verdad? era una broma, desde luego, pero ella parecía tener sus dudas.

—Por supuesto que no —se volvió hacia ella situando la cabeza en un ángulo que ocultara lo peor—. La encenderé enseguida, después de que hayamos hablado de los detalles.

—¿Por qué yo? ¿Por qué no has elegido a otra mujer más adecuada?

—Porque estás aquí y porque no te importaría seguir en la isla. En los seis meses que llevas a mi servicio, has demostrado ser trabajadora y digna de confianza o eso es lo que dice Yiannis, el encargado de todo lo referente a la casa.

—¿Yiannis te ha estado dando información sobre mí?

—Se ha limitado a transmitirme su aprobación.

—Ah —parecía sorprendida—. Su esposa y él son muy amables conmigo.

—Me alegro —dijo él con voz suave.

Todo parecía muy prometedor. Era evidente que a ella le gustaba vivir allí y que quería el dinero. Lo único que quedaba por ver era si ella soportaría mirarlo y compartir su cama.

—¿Y eso es todo lo que le pides a una esposa? —preguntó Milly.

—Sí.

—¿De verdad? ¿Te da igual lo que le guste o le disguste?, ¿su sentido del humor, su sentido del honor?, ¿la clase de madre que será?

Alex apretó los dientes.

—No puedo permitirme el lujo de que todo eso me importe —la última aventura de Ezio lo había impulsado a solucionar aquello lo antes posible.

Milly no dijo nada y Alex observó las emociones que traslucía su rostro: miedo, indecisión y algo más también, algo más oscuro… Sentimiento de culpa o, tal vez, pesar. Estaba seguro de que su propuesta le había tocado la fibra sensible.

—¿Y por qué un heredero? —preguntó ella, por fin—. ¿No es un concepto anticuado?

—Es biológico.

—Aún así.

—Quiero dejarle el negocio a mi hijo.

—¿Un varón?

—O a mi hija, me da igual.

Ella ladeó la cabeza y lo miró con los ojos entrecerrados.

—¿Por qué?

—Porque, si no lo hago, lo heredará mi hermanastro, que probablemente lo llevará a la quiebra en cuestión de meses.

—No se trata de un título aristocrático, ¿verdad? ¿Por qué lo heredaría él?

Alex respiró hondo e intentó relajarse mientras lo invadían los recuerdos. Christos, pálido y débil, con la mano extendida hacia él, rogándole. Y Ezio, borracho en una discoteca, sin molestarse en aparecer para despedirse de su padre biológico.

—Porque es lo que estipuló mi padrastro en el testamento. El negocio era suyo y me lo dejó en herencia al morir, con la condición de que, si yo moría, pasaría a mi hermanastro.

—Todo eso me parece muy arcaico.

Alex agachó la cabeza.

—Los vínculos familiares son fuertes en este país.

—Pero se trata de tu padrastro. No es carne de tu carne.

—Para mí, ha sido más que un padre —contestó Alex con brusquedad. La emoción le hacía difícil hablar—. Y el testamento no tiene lagunas. Es la única opción que tengo.

—¿Y no te planteas la adopción o un vientre de alquiler?

—Como te he dicho, el tiempo es esencial. Tengo treinta y seis años y quiero que mi hijo sea adulto cuando herede el negocio. Además, creo que un niño debe tener un padre y una madre. La familia es importante para mí —sintió un agudo dolor en su interior, que intentó calmar rápida y fríamente, que era la única forma en que sabía hacerlo para poder seguir viviendo.

—¿Y si no me quedo embarazada? No hay ninguna garantía.

—Tendrás que hacerte una revisión médica completa antes de casarnos —se encogió de hombros—. El resto depende de Dios.

—¿Querrías tener más de un hijo?

Él estuvo a punto de echarse a reír. Sabía que ella, desde luego, no querría después de haberlo visto.

—No, uno bastará. Luego te dejaré en paz.

—¿Tendría que vivir en la isla el resto de mi vida?

—No serías una prisionera, si te refieres a eso.

—¿Habría alguna… relación entre nosotros?

—Nos trataríamos con educación y respeto.

—¿Y más allá de eso?

—¿Es eso lo que quieres?

—No lo sé. Es todo tan inesperado… No soy capaz de pensar con claridad.

—Pero ¿lo estás considerando?

—No debería— negó con la cabeza y suspiró—. Ni siquiera sé por qué lo estoy haciendo, aunque solo sea un poco. Muy poco —dijo a modo de advertencia.

–Tal vez por los cinco millones –afirmó él en tono ligero invitándola a que compartiera con él su sentido del humor.

Ella le lanzó una mirada irónica y algo cálido brotó en el interior de él, algo inesperado. ¿Cuándo había intercambiado una mirada con alguien por última vez, incluso a oscuras?

–Sí, puede que tenga que ver con eso.

–No te lo reprocho.

–No deberías, puesto que eres tú quien me los ha ofrecido. Pero tal vez me lo debería reprochar a mí misma –afirmó ella con brusquedad.

El momento había pasado y la calidez que él había sentido se esfumó.

Alex la observó mientras se levantaba y paseaba por el despacho frotándose las manos como si tuviera frío.

–No puedo alquilarme como si… –se interrumpió al tiempo que negaba con la cabeza–. No, lo siento. Ni puedo ni quiero –se volvió hacia él con decisión y se disculpó con la mirada–. Lo siento. Espero que esto no afecte a nuestra relación laboral.

Alex la miró sin dejar traslucir su enfado y decepción. En efecto, se sentía muy decepcionado, mucho más de lo que esperaba. Sabía que encontraría a otra persona. Sin embargo, le dolía el rechazo de ella porque lo vivía como algo personal, aunque sabía que no debería hacerlo. Y lo más gracioso de todo era que ni siquiera había encendido la luz.

Capítulo 2

MILLY no podía dormir. Miraba el techo mientras la luz de la luna se filtraba por la contraventana y se reflejaba en el suelo de baldosas de la habitación. Tras el brusco final de la conversación con Alexandro Santos aquella tarde, cuando él la había despedido del despacho, después de que ella hubiera rechazado su propuesta, no había dejado de repasar cada segundo de la extraña entrevista.

«Quiero que te cases conmigo».

¿Cómo podía haberle propuesto algo semejante? ¿Y cómo se había visto ella tentada, aunque hubiera sido unos segundos?

Se dio la vuelta en la cama y golpeó la almohada en un vano esfuerzo por encontrar un poco de paz. Desde que había dejado a Alex, se había mantenido ocupada preparando la *mousaka* para la cena, barriendo los alrededores de la piscina y pagando algunas facturas mientras se preguntaba qué pasaría después.

¿Hallaría él una razón para despedirla? No quería perder el empleo. Ganaba el triple de lo que cobraba cuando traducía en París y le gustaba la espaciosa villa, su hermoso y florido jardín, la enorme piscina, que Yiannis y Marina, su esposa, le hicieran una visita de vez en cuando y el pueblo de Halki, que se hallaba muy cerca.

Le gustaba comprar en el mercado y el pequeño café con sus mesas desvencijadas donde se sentaba a veces a tomar un café después de comprar. Le gustaban las noches tranquilas y estrelladas, en las que solo se oía el sonido de las olas. Le gustaba la soledad y sentirse a salvo. No quería marcharse.

Entonces, ¿por qué había rechazado la proposición matrimonial de Alex?

Se levantó de la cama con un gemido de frustración. Se puso una fina bata y bajó al piso inferior. Abrió la puerta del jardín sin hacer ruido. El dormitorio de Alex se hallaba en la otra ala de la casa, a la que ella solo iba para limpiar.

Afuera, el aire era fresco y olía a buganvilla y flores de naranjo. La luna brillaba en la plácida superficie de la piscina. Milly se acercó y se acurrucó en una hamaca. Suspiró y notó que la tensión que se le había acumulado en los hombros desde que había visto a Alex disminuía un poco.

Le encantaba la paz y la soledad de aquel lugar. Después de una vida de fiestas e internados, estar sola era como un bálsamo. Y la villa le parecía un hogar, el primero que verdaderamente había tenido.

Cinco millones de euros. No dejaba de pensar lo que podría hacer con esa cantidad: pagarle la universidad a Anna, pagarse la universidad para ella misma, comprarse una casa y sentirse segura para siempre. Aunque el dinero no diera la felicidad contribuía a ella. Y la idea de tener seguridad económica, tanto para ella como para la única persona a la que quería, después de una vida de caótica incertidumbre, era, sin lugar a dudas, tentador.

¿Y qué si se casaba con un hombre al que no conocía? En su vida, el amor romántico había sido una broma, en el mejor de los casos; una mentira, en el peor. Había visto a sus padres enamorarse y desenamorarse con abrumadora facilidad. Y su única relación con el amor la había dejado hastiada y avergonzada.

No deseaba esa clase de relación. No quería correr ese riesgo. Al menos, Alex era sincero sobre lo que sentía, que era mucho más de lo que se podía decir de Philippe.

Entonces, ¿por qué no iba a casarse con alguien por razones prácticas? Que Alex hubiera hablado de un hijo le había despertado un sorprendente deseo. Un hijo suyo, alguien a quien querer y a quien no pudieran arrebatarle. Una familia. No se había dado cuenta de su espíritu maternal hasta que Alex había hablado de ello. Pero ahora se imaginaba a un bebé en sus brazos, besándolo en la frente. Sería una madre mucho mejor que la suya.

Se quedó inmóvil al oír un sonido procedente de la casa. Se apretó contra la hamaca tratando de hacerse invisible. Por el rabillo del ojo vio que Alex se acercaba a la piscina, vestido solo con los pantalones del pijama. La luz de la luna le iluminaba los impresionantes músculos del pecho.

La mirada de Milly se elevó de su torso a su rostro y, como si él hubiera notado no solo su presencia, sino también su mirada, volvió la cabeza sin mover el cuerpo.

–¿No puedes dormir? –preguntó él con voz ronca y sensual. Ella apretó los brazos con fuerza en torno a las rodillas.

–¿Cómo has sabido que estaba aquí?

–Te has dejado la puerta abierta y tengo buena vista –se acercó a la tumbona. Los músculos del pecho se le tensaron mientras la luz de la luna los iluminaba. Cuando se hallaba a pocos metros de distancia, aún en la oscuridad, volvió a hablar–. ¿Por qué no puedes dormir, Milly? ¿Porque piensas en mi propuesta?

–Sí –afirmó ella, ya que era evidente–. ¿Cómo no voy a hacerlo? Es la única proposición de matrimonio que me han hecho.

–Siento que no haya sido más romántica –dijo él en tono seco–. Pero seguro que te harán más; es decir, si no decides cambiar de opinión.

–No debería hacerlo.

–Pero te lo estás planteando.

Él parecía muy seguro y ¿por qué no iba a estarlo? Era un hombre guapo, poderoso y rico, en tanto que ella era una mujer normal e insignificante. Probablemente se esperaba que ella se apresurara a aceptar el trato.

–Es mucho dinero –dijo ella al tiempo que se estremecía–. Para mí sería de mucha ayuda, así como para otra persona a la que quiero.

–Ah, puede que ese sea el motivo más poderoso de todos –Alex se sentó en la hamaca que había frente a la de ella, con el rostro vuelto hacia la piscina–. ¿Quién es esa persona?

–Mi hermana; mejor dicho, mi hermanastra, pero es como si fuera mi hermana. Es la persona más importante del mundo para mí, la única… –Milly se calló por la emoción que le causaba pensar en ella–. Haría lo que fuera por ella.

–¿Salvo casarte conmigo?

–Por eso me lo estoy pensando.

–Verás, no sería una tortura. No te molestaría salvo cuando fuera necesario.

¿Molestarla? ¿Así era como consideraba su posible relación? Sin embargo, a ella le consoló saber que su vida no tendría que cambiar mucho.

—La mayoría desea algo más de su matrimonio.

—La mayoría —reconoció él—, pero creo que tú no —se volvió para mirarla a los ojos, aunque la oscuridad le seguía ocultando buena parte del rostro—. ¿Me equivoco?

—No lo he pensado mucho. No tengo… —se interrumpió y dirigió la mirada a la piscina—. No tengo mucha experiencia en idilios y amor romántico —dijo finalmente, resuelta a ser sincera—. Y la que he tenido me ha quitado las ganas.

—Entonces, esta es la solución ideal.

—¿Por qué no quieres tú que haya idilio y amor en tu matrimonio? Supongo que esa es la razón de tu propuesta de negocios.

—No le veo sentido —contestó él al tiempo que se encogía de hombros.

—¿Al idilio?

—Ni al amor. A esa clase de amor. Y creo que tú tampoco.

Era inquietante que pareciera leerle el pensamiento. ¿Qué veía en su rostro con aquella oscuridad? ¿Qué revelaba ella sin darse cuenta?

—He visto a lo que puede conducir. Y no me fío de él. No estoy dispuesta a correr el riesgo.

—Entonces, creo que haremos una excelente pareja.

—No es tan sencillo —apuntó ella negando con la cabeza.

—Claro que no. Resolveremos los problemas en cuanto des tu consentimiento. Soy una persona razonable, Milly.

La forma en que pronunció su nombre hizo que se estremeciera, aunque tal vez se debiera al aire frío de la noche.

–Nada de todo esto me parece muy razonable. Estamos hablando de casarnos, de tener un hijo…

–Es totalmente razonable. El amor es lo que no lo es, ese ridículo sentimiento que domina nuestra razón y ambición cuando es algo tan endeble y efímero. El propio concepto es absurdo, una locura. ¿Por qué vas a confiar la vida a un sentimiento pasajero?

–Sin embargo, la gente lo hace.

–Pero tú eres más inteligente, igual que yo.

Ella estuvo a punto de echarse a reír ante su arrogancia. Pero sabía que tenía razón. Ella era más inteligente.

–¿Lo ves? –él le sonrió–. Somos la pareja perfecta.

–Ni siquiera te he visto el rostro –le espetó Milly. Y aunque él no se había movido, pareció haberlo hecho, como si se hubiera quedado todavía más inmóvil de lo que ya estaba, con todos los músculos en tensión–. Como es debido –le aclaró ella–. Solo hemos hablado en la oscuridad, lo cual resulta algo extraño. Es evidente que eres un hombre reservado, pero ¿no debería ver el rostro del hombre con el que puede que me case?

–Lo soy, en efecto –Alex se calló durante unos segundos–. Hay una razón para explicar la oscuridad.

Milly lo miró confusa, forzando la vista para adivinar su expresión, sin conseguirlo.

–¿Ah, sí?

–Sí, pero ya es hora de que la sepas y de que veas aquello a lo que tal vez accedas –se dirigió rápidamente a la puerta de la terraza y encendió las luces exteriores. Milly parpadeó ante su brillo. Entonces, Alex se volvió hasta quedarse frente a ella, que lanzó un grito ahogado.

Su rostro…

Tenía un lado de la boca extrañamente desplazado hacia arriba.

–Puede que ahora entiendas mejor mis razones para desear un matrimonio de conveniencia.

Milly estaba paralizada, sin saber si seguir mirándolo o apartar la vista. ¿Se sentiría insultado si lo hacía? ¿Sería una falta de respeto? En cualquier caso, no podía dejar de mirarlo. ¿Qué le había pasado desde que había visto sus fotos en Internet?

–Sé que estás en estado de shock –afirmó él de forma desapasionada, como si le diera igual que la mitad de su rostro estuviera llena de cicatrices, mientras la otra mitad era perfecta. Era la del hombre guapo que reconocía de las fotos, aún más guapo por el daño que mostraba el otro lado.

–¿Cómo…?

–Un incendio –contestó él escuetamente. Y Milly supo que no diría nada más y que ella no preguntaría–. Me imagino que mi rostro quita las ganas a muchas mujeres que serían posibles candidatas a casarse conmigo. Tal vez a ti también.

–Tus cicatrices no tienen nada que ver con que acepte o no –dijo ella cuando pudo hablar, pero temió no haber parecido convincente. Pero era porque estaba en estado de shock. No lo había sospechado. Nunca se lo hubiera imaginado.

No había habido rumores en Internet ni en el pueblo, donde la mayoría lo conocía. Yiannis y Marina no le habían dicho nada.

–Muy bien –Alex la miró a los ojos–. ¿Quieres casarte conmigo?

Alex sabía que debería haberle dado tiempo para que asimilara la existencia de las cicatrices, pero odiaba que lo miraran y despreciaba la compasión que inevitablemente aparecía en los ojos de quienes lo hacían cuando había luz. Por eso intentaba que fueran pocos.

En los casi dos años transcurridos desde el incendio, solo algunos asesores y empleados lo habían mirado a los ojos. No daba la oportunidad a nadie más, si podía evitarlo. Entraba en el despacho por una puerta privada y, mientras estaba allí, casi nunca salía. Hacía todo lo que podía hacer desde allí por teléfono o correo electrónico. Cuando no estaba trabajando, estaba solo, ya fuera en Atenas o en la isla. Viajaba en su avión o su yate privado para evitar susurros y miradas inevitables.

Algunos empleados de confianza le habían visto el rostro, pero sabía que no hablarían. Nunca había tenido muchos amigos y ahora tenía menos. Hablar de amantes era un chiste. En conjunto, llevaba una vida solitaria, pero era la única que soportaba.

Sin embargo, sabía que llegaría el momento en que la mujer que fuera a ser su esposa tendría que mirarlo a la cara y se estremecería. Y lo odiaba intensamente. No sería como su padre, no sería esa clase de persona. Era una elección que renovaba cada día deliberada y tranquilamente, porque tenía que hacerlo.

–Tengo… Tengo que pensar –tartamudeó Milly. Seguía mirando las cicatrices entrecruzadas que le cubrían toda la mejilla derecha. Comenzaban en el nacimiento del cabello y acababan en la boca, elevando el labio en una media sonrisa que él no podía cambiar. También tenía otras cicatrices en el cuello y el hombro–. Es un paso importante.

–Pues no lo pienses mucho –contestó Alex–. Porque, si te niegas, tendré que pedírselo a otra lo antes posible.

–¿Tienes otra candidata? –ella parecía más aliviada que ofendida.

Aún no la tenía, pero se encogió de hombros.

–Hay diversas posibilidades –ninguna de las mujeres que conocía aceptaría casarse con él con aquel aspecto. Tampoco él quería hacerlo, ya que eran seres superficiales, insulsos, a los que solo interesaban la apariencia y el dinero, y él solo poseía uno de esos dos atributos.

Se dio cuenta de que la quería a ella, porque parecía sensata y digna de confianza. Tenía la impresión de que podrían llevarse bien, que era lo único que pedía. Lo único que se permitía desear.

–Entonces, ¿por qué yo?

Alex se dijo que se engañaba al creer que era adecuada por sus modestas cualidades. No, había algo más. La deseaba como un hombre desea a una mujer. El deseo era peligroso y ridículo, y hacía que se sintiera vulnerable de un modo que detestaba.

–Estás aquí y eres adecuada. Además, necesitas el dinero.

–Al menos eres sincero, y eso me gusta –suspiró y apartó la mirada para dirigirla al agua–. Me encanta esto –dijo con suavidad.

–Es un buen comienzo.

–Pero no es suficiente.

–Pero, si no quieres que haya amor en tu matrimonio, ¿por qué no aceptas?

–Porque me parece que renunciaría a mi vida.

–Tendrás toda la libertad que desees.

–Salvo la de casarme con otro.

–Es cierto. No aceptaré que nos divorciemos. Un niño necesita a ambos progenitores.

–Yo tampoco lo aceptaría –replicó ella con firmeza–. Cada uno de los míos se ha casado varias veces. Yo nunca me divorciaría.

–Pues es otro punto en el que coincidimos.

–Pero no te conozco. No sé si eres amable, digno de confianza, bueno… ¿No debería saberlo?

Por supuesto que sí, pero él sabía que no podía prometerle nada de eso. No era amable y no había sido de fiar. En cuanto a bueno…

–Supongo que tendrás que fiarte de mi palabra.

–¿Y si nos casamos y resulta que tu palabra carece de valor? ¿Y si me maltratas?

–¿Maltratarte? –se había ofendido–. Nunca haría daño a una mujer.

Ella seguía pareciendo indecisa cuando volvió a mirarlo.

–No es que crea que lo harías, desde luego, pero no te conozco, Alex.

–Pues pregúntame lo que quieras.

Ella se quedó callada mirándolo llena de frustración.

–Ni que esto fuera una entrevista.

–Más o menos.

Ella suspiró mientras negaba con la cabeza. Y Alex notó que se alejaba de él. Las cicatrices lo habían hecho perder, como era de esperar.

–No creo que pueda hacerlo –dijo ella apartando la mirada. Parecía culpable–. He visto a mi madre casarse por dinero varias veces, con resultados desastrosos, tanto para ella como para mi hermana. No quiero imitarla –seguía sin mirarlo–. Lo siento.

–No tienes que disculparte –dijo él en tono seco. No iba a discutir ni, desde luego, a suplicar–. Considera este asunto cerrado –añadió antes de dirigirse a la casa.

Capítulo 3

CUANDO Milly se despertó a la mañana siguiente, supo que Alex se había marchado. Eran las seis pasadas y acababa de amanecer. Le pareció oír el eco de la hélice del helicóptero que indicaba su partida. Tal vez fuera eso lo que la había despertado.

Se levantó y se dirigió a la ventana. Abrió las contraventanas para sumergirse en la magnífica vista del sol, la arena, el mar y el cielo. El agua del Egeo brillaba bajo el cielo azul de otro día de verano. Pero Milly se sentía extrañamente vacía.

La noche anterior, en cuanto Alex volvió al interior de la casa, Milly se preguntó si había tomado la decisión correcta, y no solo por el dinero. En efecto, el dinero le vendría bien, sobre todo para Anna, pero ¿y si aquella era la única proposición matrimonial que le hacían? Y lo más importante, ¿y si era la mejor?

Recordó la mueca burlona de los labios de Philippe al mirarla. «¿De verdad creías que me enamoraría de un ratoncito como tú?».

No, no iba a pasar por lo mismo otra vez. Entonces, ¿por qué no aceptar? Él no la engañaría ni le haría daño y tendría estabilidad económica, cierta compañía e incluso un hijo. Tras las turbulencias emocionales y económicas de su infancia, ¿quién era ella para mofarse de todo eso?

Se preguntó por qué lo había rechazado, aunque lo

sabía: porque su madre se había casado por dinero, no por amor, y no quería ser como ella.

«Pero esto sería distinto», insistió una voz en su interior.

«¿De verdad lo sería?», intervino otra voz.

Se alejó de la ventana para ducharse y vestirse. Le esperaba un día muy ocupado, por lo que debía dejar de pensar. De todos modos, se preguntó cuándo volvería Alex y cómo serían las cosas cuando lo hiciera.

La casa parecía más vacía de lo habitual mientras barría y quitaba el polvo. Aplazó lo inevitable: limpiar la habitación de Alex, deshacer la cama y lavar las sábanas. Antes le había parecida una habitación más, pero ahora era distinto.

Después de haber comido sola en la mesa de la cocina, decidió no posponerlo más. En el piso de arriba, recorrió de puntillas el pasillo en el que solo había el dormitorio de Alex y dos habitaciones de invitados. Contuvo el aliento como si esperara que alguien fuera a aparecer. Nadie lo hizo, por supuesto.

Milly abrió la puerta y entró en la habitación, escasamente amueblada. Había una enorme cama, con las sábanas y el edredón revueltos, en cuya almohada aún se distinguía la marca de la cabeza de Alex. No había adornos, fotos ni recuerdos.

La habitación era lujosa e impersonal, como la de un hotel. Comenzó a deshacer la cama, con el corazón acelerado y la boca seca. ¿Por qué estaba así?

Sin pensarlo, se llevó la funda de la almohada al rostro y aspiró un olor masculino a almizcle. Lo seguía sosteniendo cuando le vibró el móvil. Se sobresaltó y soltó la funda.

Se sacó el teléfono del bolsillo de los vaqueros y miro la pantalla. Era Anna.

–¿Anna? ¿Estás bien? –Milly no podía contener la ansiedad siempre que hablaba con su hermana. Su situación era muy precaria y era muy joven.

–Estoy bien, Milly –la voz de Anna era tranquila y algo triste. Milly sabía que odiaba vivir con su padre, que era el padrastro de Milly, uno de ellos, y Milly no la culpaba. La situación era desesperada, pero no podía hacer nada al respecto. Carlos Betano tenía la custodia de su única hija más por un cruel capricho que por amor o afecto.

–Estupendo –Milly se alejó de la cama de Alex y miró el mar–. Espero que puedas venir al final del verano –dijo intentando que su voz pareciera alegre, como si lo que decía pudiera hacerse realidad–. Al menos durante unas semanas.

–Si él me deja –musitó Anna, en tono dudoso. Milly suspiró.

Carlos Betano y la madre de Milly se habían casado cuando Milly tenía catorce años, y Anna, cuatro. Mientras sus padres se habían dedicado a gastarse el dinero que les quedaba en fiestas, ya que eran aristócratas venidos a menos, Milly se había portado como una madre con Anna, pero la separaron de ella cuatro años después, tras el inevitable y enconado divorcio. En los años posteriores, el contacto con su hermanastra había sido escaso. La veía una o dos veces al año, a pesar de sus intentos.

Había tantas probabilidades de que Carlos le prohibiera la entrada a Milly a su destartalada villa de las afueras de Roma como de que la dejara entrar, solo porque le divertía ser cruel. Mientras tanto, celebraba fiestas libertinas a las que invitaba a toda clase de depravados, y apenas prestaba atención a su hija, nacida de un matrimonio anterior. La madre de Anna había muerto cuando era una niña. Milly estaba deses-perada por sacarla de allí, y cinco millones de euros, indudablemente, la ayudarían a conseguirlo.

Pero había rechazado a Alex Santos y mientras oía la voz de su hermana se preguntó por qué había sido tan egoísta.

—¿Por qué no iba a dejarte? Es algo que no le afecta y puede que quiera tener la casa para él solo —pero las dos sabían que eso a Carlos no le importaba—. ¿Cómo va todo?

Hablaba con Anna casi todos los días, pero, a pesar de tales conversaciones diarias y de que ella le asegu-rara que estaba bien, Anna no conseguía disipar su ansiedad y deshacer el nudo que se le había alojado en el estómago seis años antes, cuando las habían se-parado.

—Bien —contestó Anna suspirando—. Anoche volvió del casino de mal humor.

—¡Ay, Anna…!

—No me crucé con él, y esta mañana ya se había ido.

—Pero ¿qué haces? —odiaba la idea de que su her-mana se pasara el día deambulando sola por la decré-pita casa, pero Carlos ya se había negado a dejarla ir a Naxos el verano entero.

—Leo, toco —Anna tocaba el violín y a Milly le en-cantaba oírla—. Es mejor que él no esté. La semana pasada… —Anna se interrumpió y Milly sintió un es-calofrío.

—¿Qué?

—No importa.

—Claro que importa. Dímelo, Anna, por favor.

—¿Para qué? —preguntó esta con voz temblorosa—. No puedes hacer nada.

–¿Qué pasó? Tengo que saberlo.

–Nada, de verdad. Invitó a unos amigos y se emborracharon. Y uno de ellos entró en mi habitación…

¿Qué? –preguntó Milly horrorizada. Ante la idea de un tipo borracho en la habitación de su hermana pequeña le dieron ganas de irse corriendo a Roma a toda velocidad–. ¿Qué pasó, Anna? ¿Intentó hacerte algo?

–No, volvió a salir. Incluso se disculpó.

Milly volvió a respirar, pero estaba muy asustada. Creía que Anna no le estaba contando todo. ¿Y si la próxima vez el invitado borracho no era tan educado? ¿Y si su hermana corría más peligro del que Milly se temía? Con su cabello rubio y sus grandes ojos azules, Anna era preciosa y casi una mujer. A algunos de los depravados amigos de Carlos les resultaría irresistible.

–¿Puedes cerrar la puerta con llave por dentro? Porque deberías hacerlo todas las noches.

–Desde entonces, pongo una silla bajo el picaporte. De verdad que no pasa nada, Milly.

Claro que pasaba. Milly respiró hondo para no llorar. No quería que Anna se sintiera peor.

–Siento lo que te ha pasado, Anna. No es esa vida la que deseaba para ti –Milly le había prometido cuidar de ella, cuando era pequeña, protegerla. Pero se veía impotente.

Le enviaba dinero cuando podía y había abierto una cuenta en el banco a su nombre. Era lo único que podía hacer.

«Sin embargo, con cinco millones de euros, podrías hacer mucho más. Incluso podrías sobornar a Carlos para que te diera la custodia».

–No es culpa tuya, Milly. En realidad, te llamaba

para otra cosa. Hay una plaza en la academia. Me han mandado un correo electrónico esta mañana.

–La academia… –Milly sabía que Anna llevaba años soñando con ir a una prestigiosa academia de música de Roma, pero no había plazas ni tampoco tenía dinero para hacerlo. Carlos no se la pagaría y Milly no podía permitírselo, a pesar de su buen sueldo.

–Es estupendo, Anna, pero…

–Sé que es mucho dinero –dijo Anna en voz baja–. Y que no podrás pagarlo todo. Pero voy a dar clases de música a unos vecinos. No es mucho, pero ayudaría.

Milly dudaba que su hermana ganara lo suficiente dando clases de violín para cubrir la diferencia, pero no soportaba desilusionarla ni poner fin a su sueño.

–¿Qué dice Carlos?

–No se lo he dicho ni tengo intención de hacerlo. Le da igual dónde acuda a clase y puede que se niegue porque sí. Además, no tiene dinero suficiente y, si lo tuviera, no se lo gastaría en mí.

–Pero…

–Puedo falsificar su firma. Lo he hecho otras veces, cuando se le olvida firmar algún documento. Me marcharía y volvería a casa a la misma hora que ahora, aunque él no se fija. Estoy segura de que podría funcionar, Milly. Pero el dinero…

–Veré qué puedo hacer –los ojos se le llenaron de lágrimas al pensar que su hermana trataba por todos los medios de hacer realidad su sueño ella sola. Era muy joven, pero muy madura. Milly no soportaba imaginarse las escenas de disipación de las que sería testigo en casa de su padre, cuando Carlos invitaba a sus horribles amigos. Y cuando pensaba en uno de esos hombres amorales entrando en su habitación…

Tenía que hacer algo.

–Gracias, Milly. Te lo agradezco de verdad.

–No te prometo nada –Milly se sintió obligada a prevenirla, aunque quería prometérselo todo–. Mándame un correo electrónico con los detalles de los precios e intentaré que los números cuadren –aunque dudaba que fuera a conseguirlo, a no ser que tuviera cinco millones de euros.

–De acuerdo. Lo que pasa es que la plaza no estará disponible eternamente. Me han dicho que debo pagar la matrícula a finales de esta semana.

–A finales de esta semana –repitió Milly consternada–. Mándame un correo. Lo estudiaré esta tarde y si puedo conseguir el dinero te lo enviaré lo antes posible– aunque ¿cómo iba a hacerlo? Pero quería hacerlo desesperadamente.

«¿Hasta qué punto?», le susurró la vocecita interior después de que Milly hubiera acabado de hablar. ¿Hasta el punto de casarse con Alex Santos? Eso solucionaría los problemas de Anna. «¿De verdad quieres que esté a salvo?».

Milly cerró los ojos con fuerza intentando eliminar el susurro, pero sin resultado.

«¿De verdad?».

–Una mujer quiere verlo, *kyrie* Santos.

Alex frunció el ceño al oír la voz de la recepcionista por el intercomunicador.

–¿Una mujer? Ya sabe que no tengo ninguna cita –la recriminó. Todos los empleados de la oficina central de Atenas sabían que no aceptaba visitas sin cita previa. Nadie lo veía en su despacho, al que entraba por una puerta privada y hasta donde llegaba en un ascensor que lo llevaba directamente. Siempre tenía la puerta cerrada.

—Lo sé, pero la mujer insiste…

—¿En verme? —¿quién sería? Daba igual—. Pues dígale que no…

—En que es su prometida —se apresuró a corregirle la mujer—. Lo siento, pero no sabía si…

Alex trató de asimilar lo que acababa de oír. ¿Su prometida?

Sintió crecerle en el pecho la esperanza. Milly. Tenía que ser ella. ¿Había cambiado de opinión y había ido a Atenas a decírselo? Estaba sorprendido y agradecido.

—Que pase —se levantó de la silla y se acercó a la ventana intentando controlar la emoción.

Después de haberse marchado de la villa, lo había invadido la frustración. No quería dar importancia al rechazo de ella, pero se la daba.

Solo era un ama de llaves, pero deseaba que se casara con él porque, sorprendentemente, teniendo en cuenta la rapidez con que había decidido pedírselo, quería que fuera ella y no otra. La deseaba con sorprendente intensidad. Se había pasado las últimas noches despierto imaginándose que la acariciaba, que con la boca… Pero la noche de bodas, si llegaba a tener lugar, sería un ejercicio de resistencia, no una experiencia apasionada.

Oyó que la puerta se abría y se cerraba, y que ella suspiraba como si estuviera armándose de valor. Y probablemente fuera así. Sabía que no era fácil mirarlo.

—*Kyrie* Santos —dijo ella en voz baja.

—Alex —le recordó él sin volverse para que no le viera las cicatrices, en las que ella ya estaría pensando.

–He reconsiderado tu oferta –dijo Milly con decisión–. Si es que sigue en pie.

Alex siguió mirando por la ventana mientras el corazón le latía con fuerza.

–Sigue en pie.

–Entonces, he venido a decirte que me casaré contigo, Alex –le temblaba la voz de la emoción, tal vez de miedo. ¿Le tenía miedo o solo la repelían las cicatrices? Tal vez las dos cosas.

–¿Por qué has cambiado de idea?

–He tenido más tiempo para pensar.

–¿Y a qué conclusión has llegado? –preguntó él en tono sarcástico.

–Que cinco millones de euros son un buen trato –contestó Milly con sinceridad–. Y que servirán de inmensa ayuda a mi hermana.

Parecía resignada a su destino, a él. Estaba firmando su sentencia de muerte por el bien de su hermana. No había ninguna otra razón. Tendría que soportarlo a él para obtener lo que quería. ¿Acaso esperaba otra cosa? Claro que no. Era el trato que le había ofrecido, por lo que no había motivo alguno para sentirse dolido.

–Muy bien –dijo Alex con frialdad–. Haré que redacten el acuerdo prematrimonial enseguida. Cuando lo hayas firmado, nos casaremos inmediatamente.

–Inmediatamente… –repitió ella, que parecía aturdida ante la perspectiva.

–No hay tiempo que perder. Ya te he dicho que quiero un heredero. Mañana por la mañana te harán un examen médico –oyó que ella ahogaba un grito, pero le dio igual. Era la verdad.

–Pero tenemos que hablar de muchas cosas. Cómo

vamos a hacer que nuestra unión funcione y qué precauciones va a haber...

—¿Precauciones? —preguntó él en tono duro

—Voy a poner mi vida en tus manos —contestó ella con la misma dureza—. Necesito garantías, salvaguardas.

—Muy bien, las tendrás.

—¿Por qué no te vuelves y me miras? —le espetó ella en tono irritado—. No me gusta hablar con tu espalda.

Él apretó los labios y se tragó la respuesta espontánea que le iba a dar: «Creí que no querrías mirarme». No iba a rebajarse diciéndolo. Se volvió con una expresión de aburrido desdén.

—Aquí me tienes.

—Sí —ella lo miró fijamente y tragó saliva. Estaba pálida—. ¿Y ahora qué?

—Ahora vamos a hablar de las condiciones, de las garantías que has mencionado —se sentó al escritorio y le indicó que tomara asiento frente a él—. ¿Te parece?

—Muy bien —Milly se sentó.

Dos días antes estaban el despacho de la villa hablando de las condiciones en teoría. Y ahora iban a hacerlo en la realidad. Todo había cambiado porque ella había accedido a ser su esposa. Se casarían. Pero no estaba tan contento como creía que lo estaría.

—¿Por qué no me dices qué propones?

—Propongo que nos casemos inmediatamente —dijo él en tono casi aburrido—. El contrato prematrimonial estará listo mañana y podemos casarnos pasado mañana. Haré que se den prisa en entregarnos la licencia.

—¿Y qué dirá el contrato prematrimonial?

—Que recibirás cinco millones de euros, que me tendrás que devolver si te divorcias.

–¿Y si tú te divorcias?

–No lo haré. Pero para que te tranquilices, añadiré al contrato que recibirás otros cinco millones, si me divorcio de ti.

–Qué frío resulta todo esto –afirmó ella negando con la cabeza.

–Aséptico, no frío. Es un acuerdo económico, Milly, como ya sabemos.

–Sí, pero ¿vamos a conocernos, aunque sea un poco? ¿Hablaremos como es debido?

–Estamos hablando.

–He dicho como es debido, disfrutando de nuestra mutua compañía como amigos, siendo compañeros, sobre todo si vamos a ser padres. Y acerca de eso, ¿cómo vamos a criar a nuestro hijo?

–Lo hablaremos a su debido tiempo.

–¿No quieres conocerme ni que te conozca, aunque solo sea un poco?

Él la miró durante unos segundos preguntándose si de verdad quería que fueran amigos y por qué. ¿Quería conocerlo verdaderamente o era un bálsamo para su conciencia, porque se sentía culpable por haber accedido a esa boda? De todos modos, él no deseaba conocerla porque complicaría las cosas y las haría más peligrosas. Desearla físicamente ya le parecía excesivo, algo que no debiera alimentar.

–Muy bien. Te alojarás en el Hotel Grande Bretagne los próximos días. Esta noche podemos cenar juntos y hablar –hizo una mueca y la cicatriz le tiró del labio–. Empezar a conocernos, como deseas, y ponernos de acuerdo en las condiciones.

Capítulo 4

MILLY se miró al espejo, incrédula. ¿Aquello estaba sucediendo de verdad? Todo le había parecido surrealista desde que Alex la había acompañado fuera de la oficina y una secretaria la había conducido hasta la limusina que la esperaba.

Unos minutos después llegaba al lujoso hotel y a la suite presidencial. Milly había recorrido las habitaciones llenas de antigüedades y cuadros, el salón, el comedor y dos dormitorios con baño, mientras se preguntaba si el resto de su vida iba a ser así. Le parecía imposible.

Aunque sus padres tenían título de nobleza, eran aristócratas venidos a menos y vivían de lo que les quedaba de la herencia. Milly estaba acostumbrada a fríos pisos con tuberías con fugas y la calefacción cortada, y a internados de tercera categoría.

Cuando se hubo marchado de casa vivió incluso más modestamente en un piso de estudiantes en Luxemburgo y luego en un minúsculo estudio de París. Pero aquello era algo totalmente distinto, por lo que se sentía extraña.

Pero no tuvo mucho tiempo para reflexionar, ya que acababa de entrar en la habitación cuando el personal del hotel le llevó la comida. Poco después llegó una estilista de una boutique cercana cagada de maletas llenas de ropa para que eligiera lo que deseara. Milly estaba abrumada.

¿Qué querría Alex Santos a cambio de todo aquello? Lo sabía perfectamente: un heredero. La idea la hizo estremecerse. Le resultaba increíble que hubiera accedido a casarse con un hombre al que no conocía, pero le parecía que no había tenido más remedio. Después de haber hablado con Anna, se había dado cuenta de que haría lo que fuera para que su hermana fuera feliz. Y si casarse con un desconocido era el precio a pagar, así sería.

Creía que Alex Santos era un hombre decente, o al menos lo esperaba. Sin embargo, no tenía ninguna base para suponerlo.

Al menos tendría la oportunidad de saber más de él antes de firmar nada. Era confiar demasiado en la conversación que tendrían esa noche, pero era lo único que tenía. Cabía esperar que, después de la cena, supiera más del hombre con quien se iba a casar. Tal vez incluso le cayera bien, lo cual sería una base tan sólida como cualquier otra para un matrimonio; mucho mejor, desde luego, que el amor.

Hizo una mueca al recordar la despreocupación con la que Philippe le había dicho: «Cariño, te quiero. Me enamoré de ti nada más verte…».

Y se lo había creído como una idiota. Quería creérselo porque deseaba que su vida no fuera como la de su madre, Angelique Dubois, que se había casado tres veces por dinero y que ahora vivía en Los Ángeles con su famoso esposo, que no dejaba de entrar y salir de centros de desintoxicación. Milly no lo conocía y llevaba años sin ver a su madre, salvo en las revistas del corazón.

Volvió a mirarse al espejo y deseó parecer más

elegante. Había tardado mucho en peinarse y maquillarse con los productos de alta calidad que le habían proporcionado, pero, al final, se había desmaquillado y pasado el cepillo por el cabello porque pensó que estaba exagerando y que, al final, iba a parecerse a su madre.

Y allí estaba, con su vestido de punto color burdeos, la melena cayéndole sobre los hombros y sin rastro de maquillaje. Sabía que no era hermosa, así que no valía la pena esforzarse. Alex Santos no se iba a casar con ella por su aspecto.

Oyó que se abría la puerta de la suite y que se volvía a cerrar. Milly supo que era él, lo notó, a pesar de que el personal del hotel llevaba toda la tarde entrando y saliendo. Era como si el aire hubiera cambiado, y volvió a estremecerse.

—¿Milly?

—Estoy aquí —salió del dormitorio al pasillo. Alex se detuvo cerca de ella. La miró sin manifestar emoción alguna. A ella le seguían impresionando las cicatrices de la mitad de su rostro, mientras la otra mitad era tan hermosa. Se acabaría acostumbrando a ellas. No la molestaban en absoluto. Era el contraste entre las dos mitades del rostro lo que la sorprendía.

—Estás guapa —dijo él antes de dejar su maletín en una mesa.

—Gracias. Me han mimado mucho desde que he llegado. Me siento como Cenicienta.

—¿Y cuándo crees que darán las doce? —preguntó él en tono sardónico mientras se desataba la corbata. Milly le miró los dedos. Él se la quitó y la echó a un lado, antes de desabrocharse los dos botones superiores de la camisa. La mirada de Milly volvió a dirigirse a sus dedos y a la piel morena que había dejado al descubierto. Era un hombre muy guapo, y las cicatrices, extrañamente, lo resaltaban. Milly tragó saliva.

–¿A qué te refieres? ¿Crees que voy a cambiar de opinión?

–No me extrañaría que lo hicieras.

–No lo haré. He tomado una decisión y no voy a echarme atrás. Pero puede que seas tú el que cambie de idea –aunque esperaba que no lo hiciera, ya que había enviado todos sus ahorros a Anna para que pagara el depósito de la matrícula y necesitaba los cinco millones de euros la semana siguiente para pagar el resto.

–De ningún modo –dijo él, antes de dirigirse al salón. Milly lo siguió. Se quedó en la entrada y lo observó mientras se servía un dedo de whisky–. He pedido que nos traigan la cena enseguida.

–Muy bien.

Alex se sentó en una elegante silla, con el vaso de whisky en la mano, de modo que ella le viera el lado bueno del rostro.

–Dime cuáles son tus condiciones.

–No quiero hablar de ellas todavía –Milly se dirigió al sofá situado en posición perpendicular a él y se sentó–. Solo quiero que hablemos.

–¿De qué? –preguntó él, después de dar un trago de whisky.

–De nosotros. Quiero conocerte, Alex, aunque sea un poco, y que me conozcas. No quiero casarme con un completo desconocido. Hasta los acuerdos de negocios pueden ser amistosos. ¿Podemos hacerlo?

Alex tomó otro sorbo de whisky mientras analizaba la pregunta de Milly. ¿Podría llegar a conocerlo?

¿Podría llegar a conocerla? Parecía tan inocuo, tan inocente, pero…

En el interior de él reinaba la oscuridad y si ella se daba cuenta tal vez cambiara de opinión. Las cicatrices de su rostro no eran lo más importante. Había cosas peores que él ocultaba. Sin embargo, negarse a hablar podría hacer que ella reconsiderase su decisión.

—De acuerdo —se obligó a sonreír—. Hablemos.

Se hizo un silencio mientras Alex esperaba y observaba a Milly, que se esforzaba en saber qué decir y dónde mirar.

—¿Dónde te criaste? —preguntó ella, por fin.

—Aquí, en Atenas. Pregunta siguiente.

Los ojos de ella manifestaron su incomodidad ante su brusquedad, pero la realidad era que no sabía comportarse de otra manera. Hacía tiempo que había perdido la capacidad de conversar, suponiendo que la hubiera tenido alguna vez. Era distante e introvertido desde niño y no quería ni podía cambiar.

—¿Tienes hermanos?

—Solo un hermanastro, Ezio, que no quiero que se quede con el negocio.

—¿Te llevabas bien con tu padrastro? —Alex se puso tenso. Aquello le resultaba muy difícil.

—Sí. Ahora pregunto yo.

—Muy bien —ella se recostó en el sofá, con las manos sobre las rodillas. Estaba preciosa con aquel vestido. Alex se fijó en el sencillo cinturón de tela que cerraba el vestido y se imaginó que tiraba de él con fuerza y se lo abría.

Lo invadió una oleada de deseo. ¿Cómo podía desearla con tanta intensidad? La había elegido como posible esposa porque la tenía a mano, no porque fuera hermosa. Y no lo era en el sentido convencional. Era completamente corriente, con el cabello y los ojos castaños y la delgada figura. No obstante, en aquel momento la deseaba no como esposa, sino como mujer, lo cual era una desgracia, ya que dudaba mucho que ella lo deseara de la misma forma.

–¿Dónde te criaste?

–En mucho sitios: Londres, París, Buenos Aires…

–¡Qué exótico! ¿Hay alguno que consideres tu hogar?

–Tu casa de Naxos –contestó ella, para su sorpresa–. Es un oasis de tranquilidad, comparado con otros lugares en los que he vivido.

–Me alegro.

Ella desvió la mirada y pareció que se retraía. Parecía que también tenía secretos o que algo le causaba dolor.

–Y tu hermanastra, ¿dónde vive?

–En Roma.

–¿La ves a menudo? –ella no había tenido vacaciones desde que trabajaba para él.

–Todo lo que puedo, pero su padre no siempre lo permite.

–¿Por qué?

–Porque disfruta siendo cruel –contestó Milly volviendo a mirarlo. Su tono era amargo y había dolor en sus ojos–. Es un gandul caprichoso al que le encanta ser cruel porque sí. Muchas veces, cuando he ido a verla, me ha dado con la puerta en las narices.

Alex se irritó ante tanta maldad. Sabía lo que era la crueldad caprichosa, lo que provocaba, y la odiaba con pasión.

–¿No puede tu hermana venir a verte?

–Solo tiene catorce años y le tiene miedo a su padre. Los cinco millones de euros me ayudarían a protegerla.

—¿Cómo, si tu padrastro es tan caprichoso como dices?

—Podría pagarle los estudios, lo cual sería fundamental. Y si pudiera ofrecerle a Carlos un incentivo económico, tal vez dejara que Anna me viniera a ver más a menudo. No te importaría que me visitara, ¿verdad?

—Claro que no. Me aseguraría de no ser un estorbo.

Ella pareció sorprendida, pero asintió. No quería que asustara a su hermana.

—¿Quién es ese Carlos?

—Carlos Betano, el tercer esposo de mi madre. Se divorciaron hace seis años.

Alex recordó que ella le había dicho que nunca se divorciaría.

—¿Y tu padre?

—Vive con su tercera esposa. Mi madre va por el cuarto esposo, aunque no creo que les dure. Tampoco los veo mucho.

—No has debido de tener una infancia fácil.

—No fue muy divertida. No criaría así a un hijo mío.

—Nuestro —le recordó él. Debía recordarle el fin de su matrimonio: concebir un heredero lo antes posible. Por si acaso se olvidaba de que la noche de bodas formaba parte del trato, y todas las necesarias para que se quedara embarazada. Después, la dejaría en paz.

La persistente tensión que sentía en la entrepierna aumentó. Deseaba desatarle el vestido. Se imaginó frente a ella, con las manos en sus caderas sintiendo su piel sedosa y cálida.

Después se imaginó que ella reculaba ante su contacto y que apartaba el rostro. No, su noche de bodas no sería así. Sería una cuestión de negocios como el resto de su matrimonio, porque ninguno de los dos quería sufrir.

—Sí, nuestro —asintió ella agachando la cabeza.

—¿Hablamos ya de las condiciones?

Ella lo miró y su momentánea sorpresa dio paso a una estoica compostura. Él deseó que no pareciera como si lo estuviera soportando, pero sabía que no podía esperar nada más.

—Muy bien.

—Los términos del contrato serán sencillos. Te casarás conmigo a cambio de cinco millones de euros, me serás fiel y compartirás mi cama hasta que te quedes embarazada.

Ella tragó saliva.

—¿Y con cuánta frecuencia deberé compartirla?

Su forma de decirlo hizo que a él le pareciera que deseaba que fuera lo menos posible.

—Tres veces por semana, a no ser que tengas el periodo. ¿Propones algo distinto?

—No —volvió a tragar saliva y suspiró—. No.

—Me esforzaré en hacértelo lo más agradable posible —dijo Alex haciendo una mueca sardónica—. Me doy cuenta de las dificultades.

Ella no contestó, lo cual lo molestó e incluso le dolió. Debía conseguir que dejara de interesarle tanto.

—¿Te parece bien?

—¿Y qué pasará cuando me quede embarazada, si es que me quedo?

—Te dejaré en paz.

—¿Para siempre? —preguntó sobresaltada—. ¿Estás seguro de que no querrás más hijos?

Durante unos segundos, él se imaginó la casa llena de niños de todas las edades. Una fantasía.

–Uno bastará. Después de dar a luz, no habrá necesidad de prolongar el trato, aunque, desde luego, seguiremos casados.

–¿Y criaré a mi hijo… a nuestro hijo en Naxos?

–Sí, hasta que llegue a la edad escolar. Pero esas cosas podemos negociarlas más adelante. Lo importante es fijar las condiciones iniciales para poder avanzar.

–Me parece increíble que lo estemos haciendo tan deprisa.

–Es como se viene haciendo desde hace siglos. No hay motivo alguno para pensar que no seremos felices.

–¿Felices? ¿Eres feliz, Alex? ¿Lo serás?

Había demasiado dolor en su pregunta y demasiada compasión en sus ojos.

–Lo seré cuando se cumpla el trato. Y será suficiente.

Llamaron a la puerta y Alex gritó en griego al empleado del hotel que dejara la cena en el vestíbulo, ya que no quería que los molestaran.

–La cena está lista –dijo, cuando el empleado se hubo marchado. Se levantó y se dirigió al vestíbulo–. ¿Tienes hambre?

–Sí, a pesar de que he comido mucho. No había desayunado, con las prisas de tomar el ferri.

–No esperaba que vinieras a Atenas –comentó él mientras empujaba el carrito, lleno de platos.

–No sabía cuándo volverías a Naxos y quería verte lo antes posible, a causa de Anna.

–¿Qué le pasa que es tan urgente?

–Hay una plaza en una prestigiosa escuela de música de Roma. Ella estaba en lista de espera y hay una vacante. Está deseando ir.

–¿No se lo prohibirá tu padrastro?

–Ni siquiera se enterará. Al menos, es lo que espera Anna. Pero había que pagar parte de la matrícula por adelantado, para finales de semana. Pero no te preocupes, lo he pagado con mis ahorros. No te voy a pedir que pagues nada. Lo haré yo con el dinero del trato.

–Entiendo –ella tenía buenas razones para querer el dinero y por eso pasaría por aquello. Tenía que ayudar a su hermana que, en cuestión de días, sería su cuñada. Su familia.

–La he llamado esta tarde para decírselo y se ha puesto muy contenta.

–¿Le has dicho que te ibas a casar?

–No –contestó ella bajando la cabeza–. No quería que se sintiera…

–¿Culpable porque te hayas tenido que vender para ayudarla?

Milly lo miró. Era evidente que no sabía qué pensar de su pregunta ni por qué la había hecho en aquel tono lúgubre. Y él se preguntó por qué lo había hecho. Todo estaba saliendo como quería. No había nada por lo que sentirse insatisfecho o inquieto. Nada en absoluto.

Capítulo 5

ALGUNA pregunta?

Milly miró al abogado mientras pensaba a toda velocidad. ¿Tenía alguna pregunta? Contempló el montón de papeles extendidos en el escritorio frente a ella. No sabía por dónde empezar.

–¿Señorita James? –insistió el abogado, levemente impaciente.

–Creo que todo debería estar claro –intervino Alex. Había estado sentado en silencio, con el ceño fruncido, en el sofá del despacho del abogado. A este no parecían haberle sorprendido las cicatrices de su rostro, pero no dejaba de mirárselas de reojo, y Alex se daba cuenta.

Milly respiró hondo. Llevaba una hora escuchando al abogado, mientras le exponía los términos del contrato prematrimonial, pero no había asimilado casi nada. Le resultaba increíble estar allí y estar haciendo aquello.

La noche anterior, tras la breve conversación que Alex y ella habían tenido, habían cenado casi en silencio. La comida estaba deliciosa, pero a ella se le había agriado en la boca porque quería conversación, no comodidades. Deseaba compañía, al menos un poco, y, conforme avanzaba la noche, comenzaba a temer que Alex no se la proporcionaría, que no querría proporcionársela, lo que aún era peor.

Lo había intentado varias veces preguntándole por

qué se había establecido en Naxos, «porque era práctico», y a qué se dedicaba su empresa, «a la compraventa de propiedades». Se había rendido al cabo de un rato, porque suponía que era lo que él quería. Se dijo que era mejor saber lo que la esperaba. Al menos, Alex no trataba de halagarla, como había hecho Philippe, lo cual no era un gran consuelo.

Después de cenar, él había vuelto a su piso tras decirle que una limusina la recogería a las nueve para que le hicieran el examen médico y luego la llevaría al despacho de su abogado para repasar el contrato matrimonial.

Milly había pasado la noche inquieta. No podía echarse atrás, por el bien y la felicidad de Anna.

Sin embargo, esa mañana había tenido muchas ganas de hacerlo. En primer lugar, le habían hecho un examen en una clínica privada. Se había sentido indignada y avergonzada cuando el médico le había hecho preguntas sobre el periodo, su historia sexual y su fertilidad.

Al salir, Alex la esperaba en su limusina. Ella se sonrojó cuando él le dijo que el médico mandaría el informe por correo electrónico. Así que Alex se enteraría de que tenía periodos regulares, no había padecido ninguna enfermedad de transmisión sexual e incluso de que era virgen. No podía mirarlo a los ojos, pero él tampoco parecía dispuesto a mirarla.

Y no lo hizo durante el trayecto hasta el despacho del abogado. Este evitó mirar las cicatrices de Alex, y ella se dio cuenta de que a Alex le molestaba. Y a ella también.

Se estaba acostumbrando a ellas como parte de lo que él era. No le importaban del modo que él creía que le importaban a la gente. La madre de Milly había buscado la perfección física con cirugía, cremas caras y maquillaje, pero, al final, esa belleza no era más que un brillante barniz. Las cicatrices de Alex al menos eran reales.

—¿Vas a firmarlo, Milly? —preguntó Alex devolviéndola al presente.

—Perdón —llevaba minutos mirando al vacío y vio que el abogado se impacientaba y que Alex estaba molesto. Con el corazón desbocado, agarró la pluma que el abogado había dejado junto al contrato. No había entendido todo lo que le habían explicado, pero sí lo suficiente para saber lo que iba a firmar.

Recibiría los cinco millones de euros en cuanto se casaran. Tendrían relaciones sexuales de forma habitual hasta que se quedara embarazada. Viviría en Naxos, pero podría viajar a las casas que Alex tenía en Londres y Atenas. Él debería aprobar cualquier otro viaje, aunque le había asegurado que sería razonable. Le daba la impresión de que sería como estar en una jaula de oro, pero, teniendo en cuenta lo que recibiría a cambio, nada le parecía insensato.

Sin embargo, al final, se iba a vender por dinero. ¿Una alianza matrimonial lo hacía respetable?

—Milly… —dijo Alex en tono de advertencia. Ella cerró los ojos.

No podía echarse atrás. Lo hacía por Anna, por la única persona a la que quería. No tenía nada que ver con la conducta de su madre.

Firmó el documento.

—Muy bien —dijo el abogado agarrándolo—. Creo que eso es todo por hoy.

—Gracias —Alex se dirigió a la puerta y Milly lo siguió con el estómago revuelto.

¿Qué había hecho?

«Es por Anna», se dijo.

—No ha sido para tanto, ¿verdad? —preguntó Alex, una vez sentados en la limusina.

—Supongo que no —contestó ella con voz temblorosa y parpadeando para no llorar. Detestaba sentirse tan insegura y vulnerable. Había disfrutado de la soledad los seis meses anteriores y ahora le parecía que había echado a perder su vida. No sabía qué esperar. ¿De verdad se iban a casar al día siguiente?

—No te pongas así. Te prometo que te robaré el menor tiempo posible —dejó de mirarla para ponerse a mirar por la ventanilla.

—¿Crees que eso es lo que quiero? No espero un cuento de hadas, desde luego. Ni siquiera lo deseo, porque no son verdad.

—Entonces, no hay problema.

—Estaría bien que fuéramos amigos —insistió Milly—. Ahora mismo me parece que apenas me soportas.

—¿Que no te soporto? —el soltó una carcajada—. Seamos sinceros, Milly.

—¿A qué te refieres? —preguntó ella deseando que al menos la mirara.

—Eres tú la que no me soportas. Y no te culpo.

—¿Eso es lo que crees? Mírame. Si vamos a casarnos, al menos mírame.

Él se volvió a mirarla con los ojos brillantes y una expresión helada y furiosa.

—¿Estás segura de que quieres mirarme?

Él le sostuvo la mirada y ella no la apartó. Ni siquiera parpadeó.

—¿Es por las cicatrices? ¿De verdad crees que soy tan superficial? ¿Te casarías conmigo si lo fuera?

—Seas o no superficial, no es agradable mirarme. Es un hecho.

–¿No está la belleza en el ojo del que mira? –preguntó ella con suavidad. Alex puso los ojos en blanco.

–¿Cómo puedes decirme eso tan seria? No te parezco guapo, Milly.

Ella vaciló, pero decidió ser sincera, a pesar de que fuera doloroso.

–No, no lo eres, pero no por las cicatrices, sino por tu frialdad. Me parece que has decidido mostrarte distante, y no es así como quiero que nuestro matrimonio comience, aunque se trate de un acuerdo económico.

Alex la miró en silencio durante unos segundos. Sus rostros se hallaban tan próximos que ella distinguió su barba incipiente, mientras los ojos de él la atravesaban como una flecha. Entonces, él volvió la cabeza de nuevo.

–Pues es una pena –dijo.

Ninguno de los dos volvió a hablar.

Así que ella creía que era frío. Alex se miró desapasionadamente en el espejo para ver tanto la belleza como la fealdad, las cicatrices y la piel lisa. Se temía que su rostro era un reflejo de lo que él era en realidad, de su alma. Ocultaba la oscuridad y fingía ser ante el mundo solo la mitad de lo que verdaderamente era, que no hacía sufrir a sus seres queridos, que no los destruía.

Y ella creía que solo era frío. Bueno, era mejor que ser cruel. Milly tendría que aprender a vivir con ello, porque él no sabía ser de otra manera. Desde la infancia había aprendido a mantenerse a distancia de los demás para protegerse, lo cual se había exacerbado desde el accidente. Ella acabaría por aceptarlo como era y se daría cuenta de que era mejor así.

De todos modos, había visto cómo le miraba las cicatrices. Y aunque ella dijera que no importaban, era evidente que no era así. Había visto compasión en sus ojos y que apartaba la mirada. Y era lo único que necesitaba saber.

Consultó el reloj. Había quedado con Milly para ir en limusina a El Pireo, donde estaba anclado su yate. Desde allí irían a Naxos, donde se casarían.

Alex había pensado en una ceremonia civil en el ayuntamiento de Atenas, pero el día anterior, tras haber firmado el contrato prematrimonial, Milly le había preguntado si se podían casar por la iglesia en la isla.

—Sé que es un acuerdo de negocios, pero no tiene por qué serlo en todos los detalles. Me gustaría casarme por la iglesia y pronunciar lo votos ante Dios.

—¿No los estarías pronunciando ante Él en cualquier caso? —ella se había limitado a mirarlo fijamente esperando su respuesta y él se había sentido avergonzado por su mezquindad.

—Por favor, Alex, no tiene tanta importancia.

Tal vez no, pero la tenía para él. Ella no se imaginaba lo que le esperaba en Naxos, porque solo había vuelto una vez desde el incendio, y no iba a decírselo en aquel momento. Por eso había accedido a su petición, a pesar de que le asustaba la idea de enfrentarse a los habitantes de la isla, porque no quería darles explicaciones. Sin embargo, quería complacerla, lo que era absurdo. Su sonrisa de agradecimiento le había aligerado el corazón enormemente.

Milly ya lo esperaba en la limusina cuando bajó de su piso. El chófer la había recogido en el hotel antes de ir a buscarlo. Alex se montó y se sentó y, al hacerlo, le rozó el muslo, que ella apartó inmediatamente. Se preguntó si también se apartaría la noche siguiente, cuando estuvieran en la cama. Era probable, pero tendría que apretar los dientes y aguantarse.

–No sabía que tuvieras un yate. Llegaste a Naxos en helicóptero.

–No suelo tener tiempo de viajar por mar, pero es más relajante –hizo una pausa y, sorprendiéndose a sí mismo, decidió esforzarse en conversar–. ¿Te gusta navegar?

–No lo sé –Milly sonrió tímidamente–. Solo he montado en el ferri que me llevó a Naxos.

–¿En serio? –por lo que ella había dicho de sus padres, parecía que tenían dinero–. Me sorprende.

–Nunca he tenido la oportunidad de navegar –contestó ella encogiéndose de hombros.

–Sin embargo, has vivido en París, Londres y Buenos Aires.

–¿Y qué tiene que ver eso con navegar?

–Creía que tendrías una amplia variedad de experiencias.

–He tenido algunas, pero, esencialmente, se reducen a la misma.

–¿Cómo es eso? –preguntó él con brusquedad. Ella enarcó las cejas y sonrió levemente aunque tenía los ojos tristes.

–¿Quieres conocerme?

–Me pica la curiosidad.

–Yo suponía un inconveniente para mi madre. Me mandaba a un internado cuando podía y me dejaba en casa cuando no podía.

–¿Y tu padre?

–Se divorciaron cuando yo tenía cinco años. No lo veía casi nunca.

Parecía una infancia desgraciada, tanto como la de

él, pero ella no había tenido el amor de un padrastro como lo había tenido él.

–¿Alguno de tus padrastros era decente?

–No los llamaría padrastros. Ellos no creían que lo fueran.

Eso le indicó a Alex todo lo que necesitaba saber y lo dejó extrañamente inquieto. No volvieron a hablar hasta que la limusina se detuvo en el puerto de El Pireo y Alex la condujo a su enorme yate.

–¿Es tuyo? –preguntó ella mientras miraba con los ojos como platos los cincuenta metros de su imponente estructura.

–Era de mi padrastro –contestó él mientras le daba la mano para ayudarla a subir a bordo. Lo utilizaba para celebrar fiestas de negocios.

–¿Y tú no lo haces?

–No –ya no.

Ella lo miró, indecisa. Seguían agarrados de la mano.

–¿Por las cicatrices? –preguntó en voz baja.

–Sí, pero también porque no me gustan las fiestas. Nunca me han gustado.

–Pareces un hombre muy introvertido –afirmó ella mientras la llevaba al salón, una lujosa habitación de paneles de madera con varios sillones de cuero–. ¿Siempre has sido así?

–Supongo que sí. ¿Quieres tomar algo? Tardaremos seis horas en llegar a Naxos. Llegaremos a la hora de cenar. La boda está prevista para mañana a mediodía.

–Muy bien –dijo Milly–. ¿Me das un vaso de agua, por favor?

Alex chasqueó los dedos y apareció uno de sus empleados, uno de los pocos que podía verlo

–Un agua con gas y un whisky, por favor, Petros.

Petros se retiró y el yate comenzó a deslizarse por el agua.

–¿Ya nos vamos? –parecía sorprendida y algo emocionada. Alex recordó que le había dicho que nunca había navegado.

–Sí, ¿quieres verlo? –abrió una puerta que daba a una de las cubiertas del barco, que era privada, con un par de sillones y unas sillas. Frente a ellos se extendía el Egeo.

Milly se agarró a la barandilla. El viento le echó el cabello hacia atrás mientras miraba el mar. A él le recordó la estatua de Nike, alada, valiente y orgullosa. La idea avivó alguna brasa olvidada en su interior, que él creía reducida a ceniza hacía tiempo.

Se imaginó durante unos segundos lo distintas que podían ser las cosas: hablaban, se reían y volvían al interior a acostarse y a pasar las seis horas que tardarían en llegar a Naxos agradablemente. Pero nada de eso sucedería. Era un estúpido por siquiera imaginarlo, por desearlo durante unos segundos.

–¿Tienes ganas de volver a Naxos? –preguntó él.

–Sí, muchas –respondió ella sonriendo.

Alex observó el brillo dorado de sus ojos y el hoyuelo de la mejilla derecha. Parecía contenta, lo que hizo que se diera cuenta de lo preocupada que había estado. También se dio cuenta de que le gustaba verla contenta, y lo embriagó la posibilidad de que fuera él quien la hiciera sentirse así, aunque fuera durante unos segundos. Era imposible.

Ella sonreía porque volvía a Naxos, al lugar en que se sentía como en casa. No tenía nada que ver con él.

–Aquí llegan las bebidas –dijo, antes de volver a entrar.

Capítulo 6

MILLY, agarrada a la barandilla, observaba la mancha gris verdosa que se aproximaba cada vez más. Naxos. Su hogar. Había pasado las seis horas de la travesía explorando el enorme yate, ansiosa e insatisfecha. Alex se había encerrado en el estudio en cuanto acabaron de tomarse las bebidas, con el pretexto de que tenía trabajo. Milly tuvo el presentimiento de que sería una excusa que utilizaría con frecuencia, y se dijo que era mejor así, mejor no complicar las cosas con algo tan arbitrario como la emoción.

Eso era lo que habían acordado y lo que ella debía esperar.

Se relajó un poco al pensar en que pronto estaría en la villa, en su entorno familiar. A salvo. Y Anna lo estaría también muy pronto. Milly esperaba que Carlos atendiera a razones y dejara que su hermanastra la visitara de vez en cuando, tal vez siempre que tuviera vacaciones.

La idea de tener a Anna con ella la hizo sonreír de alegría. Todo habría merecido la pena: la boda, la noche de bodas…

El corazón le dio un vuelco al pensarlo. Solo se imaginaba una noche de bodas como algo sacado de una película, con luces suaves y violines. Claro que la suya no iba a ser precisamente romántica y que sería estúpida si lo esperaba o lo deseaba. Pero ¿sería Alex tierno cuando estuvieran solos y en la intimidad?

No tenía experiencia, y él lo sabía por el informe médico. ¿Sería paciente?, ¿delicado? Odiaba sentirse tan vulnerable ante un hombre que consideraba ese aspecto del matrimonio una transacción comercial, igual que todos los demás, a pesar de que, cuando se lo imaginaba acariciándola o besándola, el corazón se le aceleraba.

No quería pensar en la noche de bodas, porque primero vendría la boda. No tenía vestido, ni velo ni ramo de flores, pero se dijo que no debía preocuparse porque la suya no sería de esa clase de bodas. Pero merecería la pena por el bien de Anna.

Oyó que, detrás de ella, se abría la puerta corredera y que Alex salía. Su sola presencia la hizo estremecer, sin que lo pudiera evitar. Esperaba que él no lo hubiera notado.

—Casi hemos llegado.

—¿Vas a atracar el yate en la villa?

—Sí. ¿No has estado en el embarcadero?

—No. Lo he visto, pero nunca he bajado —la finca de Alex en la isla era inmensa. Milly, aparte de la casa y los jardines, solo había dado algún paseo por los olivos que lo rodeaban, pero no había bajado al embarcadero, que estaba vacío, ya que el yate de Alex estaba anclado en El Pireo.

—Después te lo enseñaré —dijo él. Ella se volvió con una sonrisa de sorpresa.

—¿Lo harás? —preguntó. Pero al mirarlo le pareció que Alex lamentaba habérselo propuesto.

Estaban ya muy cerca del embarcadero. La villa se elevaba por encima de él, con sus blancas paredes y postigos azules. Milly entrecerró los ojos; alguien los esperaba en el embarcadero.

–¿Quién es? –preguntó. En la villa siempre estaba sola, salvo cuando iban Yiannis y Marina, varias ve ces a la semana, a cuidar el jardín y llevar al cabo el mantenimiento.

Alex no contestó y ella lo miró.

–¿Has contratado a otra ama de llaves?

–¿A otra ama de llaves? –parecía sorprendido.

–Creí que tal vez... porque... bueno...

–¿Porque vas a ser mi esposa? No he contratado a nadie, pero no podrás seguir a mi servicio, cuando estemos casados.

–Supongo que no –era lógico, pero le gustaba lo que hacía allí.

–Si quieres, puedes contratar a un ama de llaves cuando llegue el momento. Vas a pasar aquí más tiempo que yo.

–Prefiero encargarme yo de las cosas.

–Muy bien –dijo él encogiéndose de hombros–. Como quieras.

Eso debería haberle supuesto un alivio a ella, pero también lo sintió como un rechazo. A él le daba igual lo que hiciera con su tiempo, desde luego. Ella tenía que dejar de esperar otra cosa, algo más profundo o más amable. Se había convencido de que podría vivir así y de que era lo que quería. Entonces, ¿por qué le resultaba tan difícil aceptarlo? ¿Por qué seguía esperando algo más?

–¿Quién espera en el embarcadero? –volvió a preguntar, pero se quedó sin aliento cuando se aproximaron lo suficiente para reconocer el cabello rubio y la delgada figura–. Anna –musitó, antes de comenzar a gritar y a saludarla frenéticamente con la mano–. ¡Anna! ¡Anna!

Se le llenaron los ojos de lágrimas mientras su hermana le devolvía el saludo con el mismo frenesí, saltando de alegría.

Milly se volvió hacia Alex, abrumada por la emoción.

—¿Cómo lo has conseguido?

—Betano es razonable cuando se le ofrece un incentivo adecuado.

—Pero, ¿cómo…?

Él se encogido de hombros y esbozó una leve sonrisa.

—Es un imbécil, pero le hice entrar en razón. Anna puede quedarse tres semanas, hasta que comience la escuela.

—¿Qué? —musitó Milly, incapaz de creer que Anna estaría con ella tres semanas enteras y, lo que era aún más conmovedor, que Alex lo hubiera conseguido. ¿Cómo lo había hecho?, ¿cuándo?—. No sé qué decir.

—No tienes que decir nada.

—Claro que sí. Has sido muy amable, Alex. No me esperaba…

Se detuvo sin saber cómo continuar. No esperaba que él fuera amable porque iba más allá de lo acordado. Pero lo había sido. Estaba abrumada. Y le daba la esperanza de que su matrimonio pudiera ser algo más que el aséptico y frío trato que él le había propuesto. No mucho más, desde luego, porque ninguno de los dos lo deseaba. Solo un poco más.

—¿Cuándo lo has organizado? ¿Cómo has tenido tiempo?

—He hablado con Betano esta mañana y, por suerte para él, ha entrado en razón inmediatamente. Anna ha venido en mi avión privado y ha llegado justo antes que nosotros. Yiannis ha ido a recogerla a la pista de aterrizaje.

Milly no se imaginaba lo que Alex le había dicho a Betano para inducirlo a aceptar, pero debía de ser algo importante. Y lo había hecho por Anna y por ella.

–Gracias, Alex –dijo con sinceridad.

Y, como no le pareció suficiente, se acercó y lo rodeó con los brazos para lo que debiera haber sido un sencillo abrazo, pero inmediatamente se percató de que no debería haberlo hecho.

Alex se puso rígido de la sorpresa, pero no antes de que sus cuerpos se encontraran, de que lo senos de ella se apretaran contra su musculoso pecho y sus piernas contra las fuertes piernas masculinas. La invadió una oleada de deseo que la hizo recular, asustada por la intensidad de la sensación, de su deseo. Había prendido en su interior y le pareció que estaba ardiendo. ¿Se había dado cuenta Alex de su reacción y estaba horrorizado?

En cuanto él la vio recular, adoptó su habitual expresión distante, a la que Milly ya se había acostumbrado. Era evidente que ella se había pasado de la raya.

Alex… –comenzó a decir, pero no sabía cómo explicarle lo que había sentido sin ponerse en evidencia. Nunca había experimentado nada igual, ni siquiera con Philippe.

–¡Milly! –ella se volvió hacia Anna, que la llamaba a unos metros de distancia–. ¡Milly!

–Voy –gritó ella. Cuando se volvió, Alex había desaparecido.

En cuanto desembarcó, Anna prácticamente se lanzó sobre ella. Milly, riendo, se abrazó a su hermana, contenta de estar de nuevo con ella. No se veía a Alex por ningún sitio.

–Te he echado mucho de menos –dijo mientras

ambas se secaban las lágrimas. Hacía casi un año que no se veían–. Creo que has crecido un poco, Anna –su hermana parecía mayor y más guapa. No podían seguir entrando en su habitación más hombres borrachos.

–Me resulta increíble estar aquí. Este sitio es fantástico, Milly. Tienes que contarme muchas cosas. ¿Te vas a casar? ¿Por qué no me lo dijiste por teléfono?

–Bueno… –Milly sonrió débilmente–. Es difícil de explicar.

–¿Qué hay que explicar? Tu prometido parece muy agradable. Me insistió para que viniera en su avión privado. Ha sido increíble. El personal no paraba de darme de comer. Me he tomado el helado más grande de mi vida.

–Vaya –Milly se echó a reír. Estaba emocionada por el sorprendente abrazo a Alex, el momento de incomodidad posterior y la llegada de su hermana. Era demasiado. Además, tenía que explicarle su inminente boda y, extrañamente, deseó que Alex estuviera allí para ayudarla, aunque, ¿le serviría realmente de ayuda?

–¿Y si volvemos a la villa? –propuso tomando a Anna del brazo.

–¿Dónde está Alex? Quiero conocerlo –Anna estiró el cuello buscándolo, pero seguía sin vérsele por ningún sitio. Milly pensaba que se había ausentado a propósito y que lo seguiría haciendo, lo cual le dolió y alivió a la vez.

–Creo que está trabajando. Está muy ocupado.

–Tiene que estarlo –Anna añadió susurrando–. Es multimillonario.

–Lo sé –Milly volvió a reírse. Como ella, Anna se había criado en los márgenes de un mundo aristocrático, pero sin dinero. Estaba acostumbrada a internados de segunda y edificios ruinosos. Milly había tenido seis meses para acostumbrarse a los lujos de la villa; Anna los veía por primera vez.

–¿Cómo os conocisteis? –preguntó Anna mientras subían por el sendero que conducía a la casa–. ¿Fue amor a primera vista?

Milly recordó la propuesta de Alex en su despacho en penumbra y no supo si reír o llorar. ¿Cómo iba a explicarle a su hermana de catorce años y ojos soñadores el acuerdo al que habían llegado? Casi deseó que Alex le hubiera hablado de la llegada de Anna, para haber preparado lo que le iba a decir.

–Es una larga historia –dijo al entrar en la villa–. ¿Has comido? Voy a prepararte algo.

–Estoy llena por todo lo que he comido en el avión –Anna se lanzó a uno de los sofás que había en el cuarto de estar, al lado de la cocina–. Este sitio es increíble. Así que es una larga historia. Empieza por el principio, porque quiero saberlo todo.

–No sé si puedo –Milly trató de reírse mientras llenaba dos vasos de agua y le tendía uno a Anna, que la miró con recelo.

–¿Qué es lo que no me has contado?

–Todavía no he empezado –protestó Milly–. No te he contado nada.

–Sabes a lo que me refiero.

No podía engañar a su hermana. Anna era diez años más joven, pero muy madura para su edad, y entre las dos siempre había habido una relación especial, aunque no se vieran. Era como un si las uniera un cable invisible, a pesar de estar separadas por miles de kilómetros.

–Lo quieres, ¿no? –preguntó Anna con voz insegura. Milly desvió la mirada–. ¿Por qué vas a casarte con él si no lo quieres?

–Es un buen hombre, Anna –al menos, eso esperaba. Solo un hombre bueno se hubiera preocupado de llevarle a su hermana. Era una prueba, pero no lo suficiente para basar su vida en ella, que era lo que estaba haciendo.

–¿Cuánto hace que le conoces?

–Seis meses –lo que era más o menos cierto, aunque solo lo había visto unos días antes–. Es mi jefe. Esta villa es en la que trabajaba de ama de llaves.

–Podría ser muy romántico enamorarse del jefe. ¿Es así?

¿Qué podía decirle Milly? No quería mentir a su hermana, pero la verdad era muy desagradable. No iba a decirle que lo había hecho por ella. Sería injusto.

–Lo es, en cierto modo. Al menos, podría serlo. La verdad es que vamos a casarnos porque hemos llegado a un acuerdo de negocios.

–¿De negocios? –Anna parecía horrorizada–. Pero, Milly…

–También amistoso –añadió Milly rápidamente–. Alex necesita una esposa por…razones laborales y por eso… –no supo cómo acabar la frase.

–¿Por eso…? Pero ¿qué sacas tú de todo esto? –Anna se inclinó hacia delante con los ojos llenos de lágrimas–. Por favor, dime que no lo has hecho por mí, por dinero. No podría soportarlo.

Impotente, Milly la miró e hizo lo único que podía hacer: mentir.

Era el día de la boda. Alex se miró al espejo mientras se preguntaba si alguien sabía que estaba en la isla y que se iba a casar. ¿Estaría en la capilla donde se celebraría la boda alguno de los habitantes que los habían conocido a Daphne y a él? ¿Qué pensarían de su rostro destrozado, de su presencia en la isla?

No había vuelto a Naxos después del incendio, incapaz de soportar el lugar en el que había sido tan feliz, y, cuando había vuelto, solo lo habían visto algunos de sus empleados, que eran leales, por lo que nadie de su pasado en la isla sabía lo que le había ocurrido. Lo único que sabían era que Daphne y Talos habían muerto. Y le harían responsable, porque había sido culpa suya.

¿Cómo reaccionarían al verlo? ¿Le demostrarían su desprecio?, ¿lo abuchearían?, ¿lo escupirían? No les reprocharía que lo hicieran. Nada de lo que le dijeran sería peor de lo que se había dicho a sí mismo, de aquello con lo que tenía que vivir día tras día. Las dos personas que más quería habían muerto por su culpa. Las cicatrices de su rostro eran un castigo insignificante.

Y le parecía justo presentarse ante los que habían querido a Daphne y mostrarles su vergüenza, oír sus palabras de odio, incluso en el día de su boda. Pero tal vez nadie fuera a la capilla, situada a corta distancia de Halki. Tal vez no se hubiera extendido los rumores de su casamiento; tal vez no les importara.

Había evitado a Milly y Anna desde el día anterior, en que todos habían llegado a la isla. Se había encerrado en el estudio y no había salido ni para comer. Su prometida y su hermana querrían estar a solas, y él no tenía ganas de ver a Anna estremecerse ante sus cicatrices, igual que Milly.

Esta, a última hora de la tarde, había entrado en el estudio y le había pedido que conociera a su hermana antes de la boda. Él había accedido porque pensó que sería mejor que Anna viera sus cicatrices allí, no en la iglesia. Sin embargo, cuando apareció en la terraza, mientras el sol se ponía, Anna lo saludó sin inmutarse. Era evidente que Milly la había preparado, y él no supo qué pensar al respecto.

Después de analizarlo, se dio cuenta de que sentía una mezcla de dolor y gratitud, lo cual carecía de sentido. También había experimentado emociones encontradas cuando Milly lo había abrazado y se había separado de él tan deprisa: deseo y desagrado, esperanza y desilusión. No le reprochaba su reacción, pero le seguía doliendo.

No sabía por qué. Quería controlarse. Debía hacerlo, pero, en lugar de ello, estaba nervioso e irritable.

Aún recordaba la suave calidez del cuerpo de ella contra el suyo durante unos torturantes segundos, pero ella se había apartado de él bruscamente, como si le repeliera.

Esa noche aún estarían más cerca el uno del otro, aunque él intentaría que todo fuera lo más breve posible. Era lo mínimo que podía hacer por su prometida; tal vez lo único.

Alex salió de la casa. Yiannis, que ese día era su chófer, le sonrió por el espejo retrovisor cuando se subió al coche.

–¿Está listo, *kyrie* Santos?

–Sí.

–Ella es buena persona –dijo Yiannis. Llevaba trabajando para Alex más de una década. Estaba allí cuando se produjo el incendio y había ayudado a rescatarlo. Era una de las pocas personas en las que Alex confiaba, y conocía a Milly mejor que el propio Alex.

No volvieron a hablar durante el trayecto hasta San Panormitis, la capillita situada en las colinas cercanas a Halki. Era un lugar solitario, pero hermoso. Las blancas paredes del edificio brillaban bajo el cielo azul.

Fuera los esperaban el cura y dos empleados de Alex, que, junto a Yiannis, harían de testigos. Alex buscó a Milly con la mirada, pero no la vio. Sintió pánico al pensar que podía haberse echado atrás en el último momento, aunque no se lo reprocharía, ya que cinco millones de euros no constituían un trato tan bueno como ella creía.

—La señorita James ha ido a Halki por flores.

Alex se sintió aliviado al tiempo que se percataba de que no había tenido en cuenta los detalles habituales de una boda: el vestido, las flores y la celebración posterior. ¿Los hubiera querido Milly? ¿Debiera haber sido más considerado?

No, claro que no. ¿Para qué iban a fingir lo que no era, a disfrazar la verdad con volantes y encajes? Milly le había dicho que no creía en el amor y a él le pasaba lo mismo.

Entonces la vio. Le pareció que el corazón le dejaba de latir mientras ella remontaba la colina, con la melena suelta y un ramito de flores e hiedra en las manos. Llevaba un vestido largo de seda color marfil. Anna la seguía a corta distancia con un veraniego vestido rosa, sonriendo con tanta alegría que a Alex el corazón le dio un vuelco.

Casi parecía una boda de verdad, que lo era. Sin embargo, lo había pillado desprevenido que Milly se le acercara con una sonrisa tendiéndole la mano.

—¿Entramos juntos?

Alex la miró impotente y sorprendido. Le pareció

un gesto dulce e importante. El frío negocio que había imaginado se había convertido en algo totalmente distinto: una pareja en una colina que se tomaba de la mano y se hacía promesas.

Anna seguía sonriendo como si creyera que eran un hombre y una mujer verdaderamente enamorados. Y durante unos segundos, Alex casi se imaginó que lo estaban.

–De acuerdo –dijo dando la mano a Milly. Le gustó la sensación, cálida y segura.

Y entraron juntos en la capilla.

Capítulo 7

ESTABA casada. En realidad, Milly no había pronunciado voto alguno ni hecho ninguna promesa, pero el sacerdote ortodoxo los había dicho en su lugar, y Alex y ella habían intercambiado coronas de laurel y bebido de la misma taza, tradiciones que ella no entendía del todo, pero que eran sagradas.

Sabía que su propósito era unir a dos personas. Lo sentía en su interior, como si acabara de saltar de un acantilado y planeara en el cielo, sin saber si seguiría volando o caería al suelo. ¿Cómo se habría sentido Alex en la ceremonia?

No había hablado durante la misma; ella tampoco. Pero, antes de entrar en la iglesia, parecía casi… conmovido, lo cual, de repente, la había llenado de una esperanza que temía analizar. No iba a enamorarse de él ni nada parecido. Seguiría considerando todo aquello como el acuerdo al que habían llegado y que funcionaba para los dos.

Sin embargo, ese momento le había hecho preguntarse si aquel extraño acuerdo podía convertirse en una amistad. No deseaba nada más. No se lo permitiría a sí misma.

Salieron de la iglesia en silencio. El sol la cegó durante unos segundos, pero oyó aplausos y cuando volvió a ver con claridad distinguió a un grupo de isleños en la colina, una docena de hombres y mujeres que aplaudían contemplando con rostro serio a Alex. Miró a Alex y vio que se había sobresaltado tanto como ella.

Yiannis le dijo algo a Alex en griego. Milly no sabía qué ocurría. ¿Quién era aquella gente?

Alex dijo *efharisto*, que Milly sabía que quería decir «gracias», y añadió algo más, ante lo que la gente negó con la cabeza. Anna miró a Milly, confusa, pero esta se encogió de hombros. Tal vez conocieran a Alex simplemente porque tenía una casa en la isla. Sin embargo, parecía que había algo más, ya que lo miraban en silencio compadeciéndolo y condenándolo a la vez con enorme intensidad.

—Vamos —murmuró Alex—. Subamos al coche.

—¿Y toda esa gente?

—Ya tienen lo que han venido a buscar.

—¿Y qué es? —preguntó ella frunciendo el ceño.

—Verme.

—Verte… —ella negó con la cabeza—. ¿Por qué te han aplaudido?

—Nos han aplaudido a los dos por habernos casado —pero a Milly no le había dado esa impresión. Miraban a Alex, no a ella. Pero su esposo no estaba dispuesto a contestar preguntas, porque la tomó de la mano para dirigirse al coche. Milly subió primero, seguida de Alex y, por último, Anna.

—Felicidades —dijo Anna mientras se alejaban de la capilla—. Ha sido una ceremonia muy bonita —sonrió a Alex, que estaba desconcertado. Anna parecía demasiado contenta—. Espero que lo celebréis hoy.

—No lo había pensado —dijo él mirando a Milly con cautela.

—Pues yo sí —anunció Anna. La sorpresa se instaló

durante unos segundos en el rostro de Alex, pero fue rápidamente sustituida por su mirada fría y distante.

—¿Ah, sí?

—Sí. No es gran cosa, pero os habéis casado y tenéis que celebrarlo —lo miró desafiante mientras Milly se preguntaba cómo evitar que su hermana se inventara un cuento de hadas y molestara a su esposo.

El día anterior, cuando le había preguntado si quería a Alex, Milly le había contado una sarta de mentiras: que se había enamorado de él cuando la había contratado, pero que solo lo había visto de lejos hasta que él le había pedido que se casaran por razones de negocios.

Le dijo a Anna que había aceptado porque ansiaba estar con él y que esperaba que, con el tiempo, cuando la fuera conociendo, él la correspondiera. Anna se lo había creído a pies juntillas. Le brillaban los ojos al exclamar lo romántico que era todo, mientras Milly se sentía fatal por haberle mentido.

—Ya debe de sentir algo por ti, Milly. Si no, ¿por qué te habría pedido que te casaras con él?

—Porque me tenía a mano —Milly se arrepentía de haberse inventado aquella historia estúpida, pero ¿cómo iba a contarle la verdad? Su hermana se habría sentido muy culpable, a pesar de que era Milly la que había tomado la decisión.

—De todos modos, con el tiempo, se enamorará locamente de ti. Me aseguraré de ello.

Esa mañana, Anna había insistido en que fueran a Halki a comprar el vestido y las flores.

En aquel pequeño pueblo, habían encontrado, sorprendentemente, un precioso vestido en una tiendecita. El tendero local, al saber lo de la boda, había cortado unas flores de su jardín y se las había regalado a Milly, al tiempo que la besaba en ambas mejillas y le deseaba salud y felicidad.

Milly se debatía entre dejarse arrastrar por la emoción de los demás y el miedo a que a Alex no le gustaran aquellos detalles románticos.

Cuando volvieron a la villa, Alex se dirigió al estudio. Ya se había quitado la corona de laurel y la había echado a un lado, mientras Milly lo miraba intentando no sentirse herida. Él se metió en el estudio y cerró la puerta. Anna la miró y ella se sintió culpable.

–Voy a cambiarme –dijo en el tono más alegre que pudo–. Después comeremos algo.

–Pero apenas has llevado el vestido de novia –protestó Anna–. Y no vas a hacer de ama de llaves en el día de tu boda.

–¿Y quién lo va a hacer, si no?

–Yo –afirmó Anna con decisión–. Hoy no puedes cocinar y limpiar, Milly. Te he dicho que vamos a celebrarlo.

–Anna, no es de esa clase de matrimonios. Todavía no –añadió. Se odiaba por continuar con la mentira de que estaba locamente enamorada de su jefe, que ya era su esposo. ¿Y si él descubría el cuento que se había inventado? ¿Y si se lo creía?

–¿Y esta noche, Milly? Tu noche de bodas…

Lo único que le faltaba a Milly era hablar de eso con su hermana o con cualquier otra persona. Ni siquiera podía pensar en ello. Aún no.

–Tengo catorce años. Y te has casado. Tiene que ser especial.

–No quiero hablar de eso.

–Muy bien, no hablaremos. Vete a cambiar. Yo me encargo de todo.

–¿Qué? –no se imaginaba lo que Anna pensaba

hacer ni cómo reaccionaria Alex–. En serio, Anna, vamos a tranquilizarnos. No hace falta ninguna celebración. Alex no quiere que la haya.

–No te preocupes –contestó su hermana medio empujándola hacia la escalera–. No tendrás que hacer nada. Lo tengo todo controlado.

Eso preocupó a Milly aún más. Dominada por la inquietud, subió a cambiarse. Se quitó el vestido frente al espejo y observó el dolor que había en sus ojos. Se imaginó lo diferente que podría haber sido ese día. Habrían vuelto a la villa a celebrar una fiesta en la terraza, con comida, vino baile y risas, hasta que el sol se pusiera y Alex la tomara de la mano para conducirla al dormitorio.

Le habría bajado la cremallera del vestido y este habría caído al suelo. Después la habría abrazado y sus labios hubieran rozado los de ella.

Milly se estremeció mientras el efecto de esas imágenes la recorría como miel caliente y algo se despertaba en su interior. Le había resultado muy fácil imaginar aquella situación, a pesar de que estaba completamente segura de que no sucedería. Tampoco quería que sucediera así. Había sido sincera al decirle a Alex que era precavida ante el amor. Ahora que estaba casada, no podía dedicarse a construir castillos en el aire.

Suspiró, se apartó del espejo y terminó de vestirse. Tenía que bajar antes de que su hermana comenzara a adornar las habitaciones con corazones de papel y contratara a alguien que tocara el violín.

Cuando bajó vio que Anna se había encargado de prepararlo todo, aunque, por suerte, sin adornos ni violines. Había puesto una mesa para dos en la terraza, con el mejor mantel de lino y la mejor cristalería de la casa. Yiannis debía de estar al tanto de su plan, porque había comida comprada en Halki. Milly la miró con una mezcla de esperanza y aprensión. ¿Se opondría Alex a que comieran juntos?

–Está muy bien, Anna. Pero tienes que comer con nosotros. Yiannis también. Al fin y al cabo, es una celebración.

–De ninguna manera –dijo Anna con firmeza–. Es para vosotros dos. Tenéis que conoceros –añadió con una mirada de complicidad. Milly cerró los ojos. Alex acabaría por darse cuenta de los intentos de Anna de crear un ambiente romántico y, ¿qué le diría ella? Él se mostraría desdeñoso ante tales intentos y Milly no podría soportar su desdén.

Anna era joven y sentimental y había recibido muy poco amor en su vida. Milly no soportaba no seguirle la corriente, aunque se le hizo un nudo en el estómago al pensar en la reacción de Alex.

Anna corrió a buscar a Alex, que salió a la terraza y no pareció muy complacido al ver la mesa puesta para dos.

–Siento que mi hermana se comporte así –dijo Milly cuando ambos se hubieron sentado–. Lo hace con buena intención, de verdad.

–Ella, al menos, está contenta.

–Sí.

–Me recuerda a mi hermana.

–¿A tu hermana? –preguntó ella, sorprendida–. Creía que solo tenías un hermanastro, Ezio.

Alex apretó los labios.

–Así es. Daphne murió hace tiempo –comenzó a servir la ensalada en ambos platos. Era evidente que no quería seguir hablando de ese doloroso tema.

–Lo siento. Debió de ser muy duro.

–Lo fue –respondió él en tono cortante, a modo de advertencia.

«No lo presiones, Milly», se dijo ella. Al menos, le había ofrecido una información personal, aunque no fuera esa su intención. Con tiempo y paciencia, tal vez llegara a conocerlo.

«¿Y es eso lo único que deseas de tu esposo?».

Milly decidió no hacer caso de esa burlona vocecita interior, ya que ni siquiera sabía cómo responder.

Alex estaba contemplando la puesta de sol en el mar. Se volvió hacia Milly, sentada frente a él. Su esposa. Se había cambiado y llevaba un vestido verde de tirantes. Tenía lunares en los hombros. Alex no podía dejar de mirárselos deseando besar cada uno de ellos, algo que, desde luego, no iba a hacer. Milly se horrorizaría, si lo hiciera.

Anna había preparado aquella celebración con buena intención, pero a Alex le parecía que Milly estaba incómoda, lo cual lo irritaba, a pesar de que sabía que no era una reacción sensata. Él también estaba incómodo. Solo era una cena, pero no era lo que habían acordado. Nada de lo sucedido ese día había sido lo que se esperaba.

La ceremonia, a pesar de que solo la consideraba un obstáculo que salvar, lo había conmovido. Y aunque, para él, la boda solo era un contrato legal, la ceremonia había hecho que se diera cuenta de que era algo sagrado, lo cual lo asustaba un poco. ¿Y si no podía proteger a Milly? ¿Y si la hacía sufrir?

–Alex, de pronto has fruncido el ceño. ¿Estás bien? –preguntó ella sacándolo de sus oscuros pensamientos.

–Sí –se obligó a sonreír–. Estaba pensando en otra cosa, perdona.

–No pasa nada. Me alegro de que Anna no te asuste –dijo Milly riéndose–. Está muy emocionada y creo que ha leído demasiadas novelas románticas.

–¿Cree que nuestro matrimonio es romántico? ¿Le has dicho la verdad?

–Bueno, más o menos –contestó ella poniéndose colorada–. Espera que nos enamoremos locamente.

Él le dirigió una mirada insulsa, a pesar de que sus palabras le habían producido… ¿qué? ¿Esperanza?, ¿horror?

–Espero que la hayas desengañado –dijo él con frialdad.

–Por supuesto –afirmó ella con tanta vehemencia, que él apartó la mirada. Era un idiota por pensar que Milly pudiera haber pensado o deseado otra cosa; algo que, de todo modos, él no deseaba.

–Muy bien. Asunto resuelto.

–Sí –ella miró el plato y él se preguntó en qué estaría pensando. La noche se avecinaba llena de expectativas.

Alex se dijo que no debía preocuparse por los sentimientos de Milly y que a ella, desde luego, le daban igual los suyos. Sin embargo, no dejaba de pensar en la ceremonia: las palabras del cura, la copa de la que ambos habían bebido, sus manos unidas… Había significado algo para él, mucho más de lo que esperaba.

–¡Aquí estamos, chicos! –Anna, acompañada de Yiannis, salió a la terraza con una bandeja en la que había una tarta nupcial tradicional.

–Anna… –Milly se levantó mirándola con los ojos como platos–. ¿De dónde la has sacado?

–En Halki hay de todo. Y Yiannis me ha ayudado.

Nos hemos divertido mucho –puso la bandeja en medio de la mesa e hizo una reverencia–. Es una tarta tradicional con miel, sésamo y membrillo, aunque yo hubiera preferido que llevara chocolate.

–¿Cómo has conseguido una tarta nupcial en tan poco tiempo? –preguntó Milly. Lanzó a Alex una mirada de disculpa, a la que él no hizo caso. Una tarta no cambiaría nada.

–Había una en el escaparate de la panadería –dijo Yiannis–. Parecía que la habían encargado.

Yiannis era un sentimental, igual que Anna, y los dos querían convertir aquello en un cuento de hadas. Alex consiguió sonreír levemente.

–Sois muy amables.

–Cortad la tarta los dos a la vez. Os traerá buena suerte –dijo Anna.

–Muy bien –Alex se levantó, agarró el cuchillo que Anna había llevado y miró a Milly tendiéndoselo. Ella lo tomó y él rodeó su mano con la suya propia.

Cortaron juntos la tarta. Anna y Yiannis aplaudieron, Milly apartó la mano y Alex retrocedió un paso.

–Tengo trabajo –anunció al tiempo que observaba los ojos consternados de Anna. Su esposa parecía aliviada. Sin añadir nada más, entró en la casa. Concedía a Milly un breve aplazamiento. Aún los esperaba la noche de bodas.

Capítulo 8

ERA DE noche. Milly estaba hecha un manojo de nervios. Después de que Alex se hubiera ido al estudio, Anna había insistido en prepararle un baño a su hermana y hacerle las uñas. Milly no veía la necesidad, pero no quiso desilusionarla. Le encantaba estar con ella y, de todos modos, necesitaba distraerse mientras llegaba la hora de acostarse.

Anna le dijo que pasaría la noche en casa de Yiannis y su esposa, en el pueblo, y Milly protestó.

—Es tu noche de bodas, Milly. No necesitas a tu hermana pequeña aquí. Y, sinceramente, yo tampoco quiero estar.

Anna le dio unas palmaditas en la espalda.

—No me va a pasar nada. No te haces una idea de lo mucho que me estoy divirtiendo —dijo con los ojos llenos de lágrimas—. De verdad, me parece que, de repente, tengo una vida, en vez de estar escondida esperando que algo suceda.

—Me alegro de que estés aquí, Anna —Milly la había abrazado estrechamente y Anna le había devuelto el abrazo.

—Pero esta noche no voy a estar aquí —concluyó con una radiante sonrisa—. Así que diviértete.

«Divertirse» no le parecía la palabra adecuada, pensó Milly mientras se paseaba sola por el salón. Tenía la impresión de que iba a explotar de un momento a otro a causa de los nervios. ¿Dónde estaba Alex? Llevaba horas sin verlo, pero no sabía qué iba a decirle cuando lo viera ni qué iba a hacer. Ni tampoco, lo que era más alarmante y, también, excitante, qué haría él.

—Buenas noches, Milly.

Ella se volvió y lo vio en la puerta, vestido con una camisa blanca y unos pantalones oscuros. Tenía el cabello húmedo de haberse duchado y estaba recién afeitado. Como siempre, situó la cabeza de modo que ella no le viera las cicatrices, pero, a pesar de ellas, era increíblemente guapo. Milly notó que le temblaban las rodillas.

—Hola —musitó a causa de los nervios. ¿La desearía, a pesar de que no era guapa? Su expresión no dejaba adivinar nada—. Anna se ha ido a dormir a casa de Yiannis para que tengamos intimidad.

—Me lo ha dicho Yiannis. Ha sido muy considerado de su parte.

—¿Hace mucho que lo conoces?

—Desde que era niño.

—Tienes raíces aquí. Yiannis, los isleños…

—Sí. Cuando era un niño, mi familia venía aquí durante las vacaciones de verano. Guardo recuerdos muy felices.

—¿Y la villa?

—Hace diez años que la tengo. Ven —dijo tendiéndole la mano. Milly lo miró intentado no temblar. Era un paso tan importante como el que había dado en la capilla. No había vuelta atrás.

—¿Tienes miedo? —preguntó él con suavidad.

—Un poco.

—Intentaré que sea lo más rápido y lo menos doloroso posible.

A ella le pareció como si fuera a soportar un terrible procedimiento médico, y no era eso lo que deseaba.

–Eres muy amable –dijo, porque no sabía qué decir. No podía pedirle que le hiciera el amor, que la besara y acariciara como en las imágenes que poblaban su mente y hacían que se marease de deseo.

La sola idea de reconocer lo que sentía la hizo temblar de otra manera. Ahora, más que nunca debía protegerse.

–Es lo mínimo que puedo hacer, Milly. Siento que… –se detuvo negando con la cabeza–. Da igual. Así son las cosas –la tomó de la mano y la atrajo hacia sí. El corazón de Milly comenzó a latir a toda velocidad.

Ni siquiera se habían besado. Apenas se habían tocado. Sin embargo, muy pronto estarían llevando a cabo el acto más íntimo que un hombre y una mujer podrían tener juntos, y ese acto los uniría para siempre. Estaba aterrorizada, pero además de miedo sentía excitación, una brasa de deseo que solo esperaba que la soplasen para convertirse en llama. Bastaría con que Alex le mostrara ternura y deseo.

La atraía físicamente. Su cuerpo reaccionaba al suyo. Sin embargo, no parecía que ella le causara efecto alguno mientras la conducía al dormitorio a grandes zancadas, como alguien deseoso de acabar un trabajo.

¿Por qué iba él a desearla? Recordó las palabras de Philippe: «¿Cómo voy a desear a alguien como tú?». Trató de desecharlas. No quería pensar en Philippe en aquel momento.

Alex abrió la puerta del dormitorio y se detuvo, sorprendido.

–¿Qué…?

Milly vio velas en varios puntos y una botella de champán enfriándose en un cubo con hielo junto a la cama.

–Lo siento –musitó al tiempo que se sonrojaba–. Esto es obra de Anna, evidentemente.

–Evidentemente –repitió él, lo cual hizo que ella se sonrojara aún más.

–Yo no haría algo así –no quería que creyera que pretendía crear una ambiente romántico.

–Claro que no –dijo él mientras entraba y comenzaba a apagar las velas con la punta de los dedos.

–¿No puedes dejar al menos una encendida?

–Prefiero la oscuridad.

–Una solo, por favor. No quiero tropezarme.

–Muy bien –la habitación estaba casi a oscuras, ya que la vela apenas la iluminaba y las contraventanas estaban cerradas.

–¿Y ahora qué? –preguntó ella mirándolo.

– Eso, ¿y ahora qué? –repitió él echándose a reír–. ¿Por qué no nos tomamos una copa de champán? –agarró la botella, la descorchó, llenó una copa y se la tendió–. Esto te ayudará.

–¿Ayudarme? Hablas como si fuera una medicina.

–Un anestésico, tal vez.

–¿Para qué? ¿Para una operación? –le temblaba la voz–. ¿Es así como consideras esto? –señaló la cama vacía.

–¿Tú no?

–No lo sé –admitió ella. La ataba su propio miedo. No tenía el suficiente valor para reconocer que quería más, que sentía algo por él–. Pero sin duda debería ser algo agradable –rio insegura–. Tú sabes de eso más que yo, Alex.

–Hace mucho que no tengo esa agradable experiencia –dijo él en tono sardónico. Luego suspiró–. Solo intento facilitarte las cosas –le indicó la copa con un gesto de la cabeza–. Bébetela.

Ella lo hizo demasiado deprisa, por lo que la cabeza comenzó a darle vueltas. No toleraba bien el alcohol. Notó que tenía el estómago revuelto por el champán y los nervios. Vio que Alex comenzaba a desabotonarse la camisa.

–¿Qué… qué haces? –preguntó prácticamente gritando.

–Desnudarme. El acto marital requiere cierta desnudez. ¿Te asusta?

–Me sorprende –afirmó ella mirándole los músculos del pecho. Estaba bien proporcionado y la luz de la vela daba un tono dorado a su impresionante físico.

–Vamos a acabar con esto lo antes posible, ¿te parece? Cuanto antes te quedes embarazada, mejor para los dos.

Ella lo miró consternada mientras él agarraba la hebilla del cinturón. No sabía lo que sentía. Su cuerpo reaccionaba al de él, pero su corazón y su cerebro se rebelaban. Aquella debía ser la noche de bodas menos romántica que se pudiera imaginar. Sin embargo, ella estaba allí para eso, para concebir un hijo.

–¿Necesitas que te ayude con la cremallera del vestido?

–No –respondió ella con vehemencia. Sabía que Alex era frío y práctico, pero esperaba algo de ternura en la noche de bodas, algo de afecto.

Le dio la espalda para bajarse la cremallera. Tal vez tuviera él razón y lo mejor fuera acabar cuanto antes. Era evidente que él no reaccionaba ante ella como ella lo hacía ante él, lo cual no era de extrañar, ya que ella no era guapa. Si la deseara, sin duda se comportaría de modo distinto.

Se le llenaron los ojos de lágrimas y parpadeó con furia. «Has llegado a un acuerdo», se dijo. «Nada de esto debería sorprenderte, ya que forma parte del trato».

La cremallera se atascó a medio camino y ella soltó un gemido de desesperación al no conseguir bajarla.

–Espera –Alex se le acercó. Ella notó el calor de su pecho desnudo y el roce de su brazo, y contuvo la respiración mientras él se la bajaba despacio recorriéndole la columna vertebral con los dedos y ella sentía su aliento en la nuca.

El deseo floreció en su interior como una flor desplegándose en busca del sol. Se tambaleó cuando él le puso las manos en los hombros y le besó la nuca. Milly no pudo reprimir un pequeño gemido. Él se quedó inmóvil y ella se echó hacia atrás para apoyarse en él, con el deseo de que le deslizara las manos desde los hombros a… a cualquier sitio. Solo quería que la acariciara.

–Milly –dijo él con la voz cargada de deseo. A ella se le volvieron a llenar los ojos de lágrimas. Volvió a besarla en la nuca y siguió por la curva del hombro. Ella agachó la cabeza para dejarle más espacio.

Durante unos segundos pareció que todo sería posible, que un mundo de emociones y experiencias se abría ante ellos. Ella se estremeció.

Pero, de repente, Alex levantó la cabeza, bajó las manos y retrocedió. Milly se volvió ligeramente hacia él, consciente de que el vestido se le había caído hasta la cintura.

–¿Alex…?

–Acabemos con esto –Alex se acercó a la cama y se quitó los pantalones, mientras ella lo miraba indecisa. ¿Por qué había pasado de repente de ser dulce a ser de nuevo frío y aséptico?

–Alex… –no supo qué decirle. «¿Acaríciame, por favor?». «¿No podría ser esta noche distinta?». No se atrevió a pronunciar esas palabras. A pesar del deseo, seguía sin tener el valor de arriesgarse a decir lo que sentía.

–Vamos –dijo él indicándole la cama con un gesto de la cabeza.

Milly se quitó el vestido y la ropa interior y se tumbó en la cama deseando que él la volviera a besar como lo había hecho antes. ¿Por qué no iba a hacerlo? Lo miró suplicante y se excitó al contemplar sus ojos azules, su cabello negro y su musculoso pecho. Temblando, se pasó la lengua por los labios y susurró:

–Estoy lista.

Alex se sintió muy frustrado al mirar a Milly tumbada en la cama como una virgen dispuesta al sacrificio. De hecho, estaba temblando.

Se dijo que ella tenía que sentirse así, ya que era indudable que no quería estar allí ni que él la acariciara. Lo había dejado muy claro al beberse el champán de un trago y querer bajarse la cremallera del vestido ella sola Durante unos segundos, cuando no había podido resistir la tentación de besarla, había pensado que las cosas podían cambiar. Entonces, ella se había estremecido y él se había percatado de que estaba haciendo el ridículo. Y aunque no fuera así, no podía arriesgarse. No soportaría estar equivocado y que su esposa lo compadeciera.

Respiró hondo, volvió la cabeza y se quitó los *boxers*. Se tumbó al lado de ella, que seguía temblando, a pesar de que aún no la había tocado.

Estaba tensa como un arco, rígida de los pies a la cabeza. De todos modos, era preciosa, con su cuerpo delgado y ágil, la piel blanca y dorada, los pequeños senos, la breve cintura y las piernas bien proporcionadas.

Ansiaba acariciarla, explorar todo su cuerpo con las manos y la boca, y que ella le hiciera lo mismo. Pero era una tontería, ya que ella ni siquiera deseaba tocarlo. Mucho menos explorarlo.

De todos modos, no era capaz de colocarse encima de ella como un animal en celo. Le puso suavemente la mano en la cadera y ella se estremeció. Deslizó la mano de la cadera a un seno, sin poder evitarlo, porque deseaba más.

Su seno le cabía perfectamente en la mano, y le acarició el tenso pezón con el pulgar. Ella volvió a estremecerse y se mordió los labios. Avergonzado, se dijo que aquello no era más que una prueba de resistencia.

Apartó la mano. El cuerpo le latía de deseo. Hacía mucho tiempo que no estaba con una mujer, por lo que bastaría muy poco para llevarlo al límite. Tal vez lo mejor que podía hacer era, como había dicho, acabar cuanto antes.

Se colocó encima de ella y se sostuvo con los antebrazos. Ella tenía los ojos cerrados y se mordía el labio inferior con tanta fuerza que le estaba sangrando. Sintió odio hacia sí mismo. ¿Hasta ahí habían llegado las cosas? ¿Hasta el punto de que una mujer se negara a mirarlo y se pusiera tensa antes de que la acariciara? ¿Cómo se le había ocurrido que casarse era buena idea?

Ella abrió los ojos y lo miró.

–¿No vas a…? –Alex, odiándose aún más, asintió.

Se situó en el punto adecuado e intentó separarle los muslos con la rodilla, pero estaban rígidos y no se movieron.

–Milly, tienes que relajarte un poco.

–Lo siento –dijo ella en voz baja. Tomó aire. El sentimiento de culpa se apoderó de él–. Pensé que… –se interrumpió y abrió las piernas. Volvió a tomar aire con fuerza mientras él comenzaba a penetrarla.

–¿Te hago daño? –apenas había comenzado.

–No exactamente –le puso las manos en los hombros, lo cual lo conmovió. No recordaba la última vez que una mujer lo había tocado estando los dos desnudos. Era una intimidad que había olvidado. Se inflamó aún más, a pesar de que lo avergonzaba hacerle daño.

Apretó los dientes mientras se deslizaba lentamente en su interior, milímetro a milímetro, y el placer inundaba sus sentidos, hasta penetrarla por completo. Ella le clavó las uñas en los hombros y volvió a cerrar los ojos. Seguía muy tensa.

–Milly, relájate.

–Lo intento –dijo ella riéndose nerviosamente, lo cual lo hizo sonreír–. Todo esto es muy extraño.

–Lo sé –también lo era para él, aunque de forma completamente distinta. Antes, cuando estaba con una mujer, se centraba en el placer de ella, lo cual lo hacía sentir orgulloso. Sin embargo, aquello era lo contrario.

Comenzó a moverse lentamente. Tenía la frente perlada de sudor mientras intentaba que ella estuviera lo más cómoda posible, aunque su cuerpo le pedía que acelerara el ritmo.

Al cabo de unos segundos, ella comenzó a moverse con él. Alex la miró. Tenía el rostro contraído y una gota de sangre en el labio. Se le nubló la vista al acercarse al final.

–Alex… –su voz le rogaba, aunque no sabía por qué. ¿Podría tratarse de placer? ¿Estaría ella sintiendo algo de lo que él experimentaba? Al pensarlo, aceleró el ritmo hasta vaciarse en su interior, en medio de oleadas de intenso placer.

Se quedaron abrazados durante unos segundos hasta que Milly se retorció debajo de él.

–Lo siento, pero creo que voy a vomitar.

Capítulo 9

ALEX se separó de ella a la velocidad del rayo y Milly se levantó y corrió al cuarto de baño. No debería haber bebido champán. El alcohol no le sentaba bien y la tensión de la hora anterior había empeorado las cosas.

Arrodillada ante la taza del váter, se sintió muy desgraciada. No se esperaba violines y rosas, como quería Anna, ya que era una mujer práctica. Pero eso…

Eso había sido su noche de bodas. Se sentó. Le dolía el cuerpo en sitios extraños. No se esperaba estar tan abrumada. Entendía por qué Alex lo había llamado «acto marital». No había servido para establecer un vínculo entre ellos. Pero ella quería que él la acariciara y la besara, lo cual no había sucedido, salvo en los primeros momentos. ¿Por qué había parado Alex? ¿Debería haber hecho ella algo distinto? Tal vez así, el hubiera seguido dándole aquellos besos y haciéndole aquellas caricias maravillosas que anhelaban su cuerpo y su corazón.

Se sentía insatisfecha, con un inquieto deseo en el centro de su feminidad que solo Alex podía saciar, aunque no parecía dispuesto a hacerlo. No la deseaba, al menos no lo suficiente para prolongar lo que había ocurrido entre ambos.

Suspiró antes de agarrar la bata que colgaba de la

puerta del cuarto de baño. Temía volver a enfrentarse a Alex, peo no podía quedarse allí eternamente.

Se aclaró la boca, se peinó con los dedos y se miró al espejo. Sin duda, las cosas solo podrían ir mejor. Decidió que hablarían. Le diría que, aunque a ella no le importara el romanticismo, las cosas podían ser mejores en el dormitorio. ¿Qué hombre no estaría dispuesto a escucharla?

«Uno que no te desee».

Se estremeció ante esa idea, respiró hondo y volvió a la habitación.

Estaba vacía.

Alex se había ido. Tampoco estaba su ropa. ¿Eso era todo? No pensaba que fueran a estar abrazados toda la noche, desde luego, pero se esperaba algo más. Debía enfrentarse a la realidad porque, por mucho que se dijera a sí misma, seguía desilusionándose una y otra vez. Él no sentía afecto por ella ni la deseaba físicamente. ¿Cuándo se lo iba a meter en la cabeza?

Se sentó en el borde de la cama, sin querer abandonar del todo la esperanza. Tal vez hubiera ido a por algo de comer o de beber. No podía haber desaparecido sin más.

Sin embargo, lo había hecho. Esperó media hora antes de aceptar que no iba a volver. Salió del dormitorio. Recorrió los pasillos mirando dentro de las habitaciones de la casa y se dio cuenta de que él ni siquiera estaba allí. Se había marchado y la había abandonado. Desconsolada y sintiéndose rechazada, Milly fue a su habitación y se acostó.

Se despertó poco después de amanecer, aturdida por la falta de sueño. Le dolía el cuerpo, además del corazón. No había oído volver a Alex, aunque estaba segura de que no lo había hecho. No sabía dónde estaba y a él no le había parecido oportuno decírselo. ¿Era así cómo iba a ser su matrimonio?

A la hora de comer, Alex aún no había regresado. Yiannis llevó a Anna de vuelta. Entró en la casa llena de entusiasmo, sonriendo y con los ojos brillantes. Milly volvió a darse cuenta de lo mucho que su hermana se aferraba al cuento de hadas. ¿Y por qué no iba a hacerlo? Había tenido muy pocos momentos felices en la vida.

–¿Y bien? –preguntó al entrar en la cocina, donde Milly preparaba una ensalada para comer–. ¿Cómo ha sido? No me des detalles, por favor. Lo único que quiero saber es si ha sido romántico.

«Tendría que contestarle con un «no» como una casa», pensó Milly con amargura. Después de haberse pasado toda la mañana sola, estaba enfadada y muy dolida. ¿No podía Alex haberle dicho al menos dónde estaba? ¿Y si le había pasado algo y ella ni siquiera lo sabía?

–Ha estado bien –contestó Milly diplomáticamente–. Pero tardaremos un tiempo. No se trata de una comedia romántica, Anna.

–Lo sé. ¿Os gustaron las velas y el champán?

Milly recordó a Alex apagándolas.

–Fueron todo un detalle –murmuró–. Gracias.

Alex no apareció durante el día ni por la noche. Después del sufrimiento inicial, Milly decidió que era un alivio, ya que le resultaba más fácil pasar el tiempo con Anna sin preocuparse de que Alex se presentara con el ceño fruncido. Y si se lo seguía repitiendo, tal vez llegara a creérselo.

Por suerte, Anna se había creído la excusa de que Alex tenía trabajo urgente, por lo que no dio la lata preguntando dónde estaba. Al igual que Milly, disfrutaba pudiendo estar con su hermana, algo poco habitual.

Después de cenar, se sentaron juntas en el sofá y vieron una comedia romántica con un cuenco de palomitas en el regazo. Milly no recordaba la última vez que habían hecho juntas algo así. Tener a su hermana acurrucada junto a ella era un bálsamo para su corazón herido. Por eso se había casado con Alex Santos, no por lo que sucediera o dejara de suceder en su relación o en su dormitorio.

Cuando la película hubo acabado, Anna dijo que iba a acostarse.

—¿Dónde está Alex? —preguntó mientras Milly llevaba los platos sucios a la cocina.

—Trabajando —contestó esta tratando de ocultar su dolor y confusión—. No te preocupes. ¿Recuerdas que es multimillonario? —preguntó intentando sonreír—. Pues tiene que ganarse ese dinero. Volverá pronto.

Subió a su habitación preguntándose dónde estaría su esposo y cuándo volvería.

Lo supo al día siguiente, gracias a Yiannis.

—¿Que Alex se ha ido a Atenas? —Milly lo miró incrédula. Estaba en la puerta de la cocina, algo avergonzado por la noticia que acababa de darle. Anna seguía durmiendo—. Pero ¿por qué?

—Por trabajo.

Por supuesto. Pero ni siquiera se había despedido. La última vez que lo había visto había sido al levantarse corriendo para ir a vomitar.

—¿Cuándo volverá?

—No lo sé, *kyria* Santos —contestó Yiannis apesadumbrado.

Kyria Santos. Su forma de llamarla la sobresaltó.

Era la esposa de Alex, pero no se sentía como tal. Incluso se sentía menos importante que cuando era su ama de llaves.

–Seguro que vuelve pronto –dijo intentando hablar con naturalidad, sin conseguirlo. Él seguía necesitando un heredero. ¿Qué había pasado con lo de tres veces a la semana?

Pero los días pasaron y Alex no volvió. Ni siquiera llamó por teléfono. Y cuando Anna le preguntó a Milly por qué no lo llamaba ella, esta, avergonzada, tuvo que reconocer que no tenía su número de móvil y que no iba a llamarlo a la oficina como si quisiera suplicarle.

Trató de no hacer caso del dolor que sentía en momentos inoportunos, del recuerdo de sus dulces besos y de lo mal que había acabado todo.

A medida que pasaban los días, Milly hacía lo posible por relajarse en compañía de su hermana viendo películas, paseando por la playa o yendo al pueblo a tomar un café. El tiempo pasó volando y transcurrieron las tres semanas, por lo que Anna debía volver a su casa para ir a la escuela.

–Voy a echarte mucho de menos –dijo Milly con voz ahogada mientras veía a su hermana hacer la maleta. Yiannis le había transmitido el mensaje de Alex de que Anna volvería a Roma en su avión privado. Ni siquiera se había dignado a decírselo él mismo.

–Tal vez pueda venir a verte un fin de semana, o en Navidad.

–Me aseguraré de que así sea –afirmó Milly. Estaba dispuesta a darle a Carlos parte de los cinco millones de euros para que dejara que Anna considerara Naxos su hogar. Estaba reuniendo el valor para enfrentarse a él.

¿Y Alex? Cada vez sentía una necesidad mayor de hablar con él de la naturaleza de su matrimonio. Habían transcurrido dos semanas desde el día de la boda y no sabía nada de él. Era más que insultante; era cruel. No se había imaginado que fuera capaz de algo así, y el hecho de que lo fuera la intranquilizaba. ¿Con quién se había casado?

–Volverá, Milly –dijo Anna con suavidad, como si le hubiera leído el pensamiento–. Seguro.

–Sí, lo sé –respondió ella en tono fingidamente alegre–. Llámame en cuanto llegues. Y quiero que me cuentes todo sobre la nueva escuela.

La casa le pareció aún más vacía cuando Anna se marchó. Deambuló por las habitaciones luchando contra un sentimiento de soledad como nunca antes había experimentado, al menos no allí.

Le encantaba aquello. Era el primer sitio que consideraba su hogar, a pesar de que cada habitación le traía recuerdos: el estudio, donde Alex le había pedido que se casara con él; los alrededores de la piscina, donde habían hablado de noche y ella le había visto las cicatrices; el dormitorio, donde ella había sentido a la vez un dulce y brevísimo placer y un dolor desgarrador.

Se sentía perdida, inquieta y aburrida. Esperaba sin saber cuánto tendría que esperar ni qué pasaría cuando Alex volviera. Si volvía.

Casarse había sido un error. Al cabo de dos semanas y media, seguía estando seguro. Cuando cerraba los ojos, Alex veía el rostro horrorizado de Milly y oía sus palabras: «Creo que voy a vomitar».

¿Cómo se le había ocurrido que podía casarse?,

¿que los dos lo soportarían? Se había marchado de Naxos inmediatamente sabiendo que Milly se sentiría aliviada. Él no soportaba la idea de contemplar de nuevo la repulsión en su rostro.

No, era mejor mantenerse a distancia. Habían pasado más de dos semanas y quedaba prácticamente descartada toda posibilidad de embarazo. Lo único que debía hacer era llamarla y preguntárselo. Si ella no estaba embarazada, anularía el matrimonio y rectificaría su error para que cada uno continuara con su vida.

Se dispuso a hacer la llamada. Oyó sonar el teléfono en Naxos mientras se preguntaba si Milly respondería. ¿Qué habría hecho esas dos semanas? Sabía que Anna había vuelto a Roma porque él le había organizado el viaje. Le agradaba pensar que al menos así había procurado a Milly un poco de felicidad.

—¿Diga?

—Milly, soy Alex.

Oyó que ella inspiraba con fuerza.

—Y llamas ahora.

—Han pasado más de dos semanas.

—¿Dónde has estado, Alex?

—Trabajando —contestó él a la defensiva.

—Sé que has estado trabajando, pero ¿por qué te fuiste de repente? Salí del cuarto de baño… —se detuvo porque se ahogaba—. Creí que querías un heredero. No creo que esa sea la manera más eficaz de conseguirlo.

—¿Estás embarazada? —preguntó él con brusquedad.

—¿Embarazada? —Milly soltó una carcajada—. ¿Lo dices en serio?

—Sé que no es probable, pero tenía que preguntártelo. Han pasado más de dos semanas, así que podrían hacerte una prueba de embarazo, si fuera necesario –lo había consultado en Internet.

–No, no estoy embarazada. No necesito hacerme ninguna prueba.

–Entonces podemos anular el matrimonio.

–¿Qué? ¿Por qué?

–Me he dado cuenta de que ha sido un error. Y estoy seguro de que tú has llegado a la misma conclusión.

–Pero ¿por qué? –parecía desconcertada en vez de aliviada, lo cual lo inquietó. No esperaba que la conversación transcurriera por esos derroteros.

–Creo que no hace falta que entremos en detalles, ¿verdad, Milly? Nuestra noche de bodas habla por sí sola.

–Con respecto a eso…

–No quiero hablar de ello. Los hechos pertinentes no han cambiado. Puedes quedarte con los cinco millones de euros. Y puedes seguir siendo el ama de llaves, si lo deseas. No tiene por qué cambiar nada para ti.

–Salvo el hecho de que ya no estaré casada.

–No creo que eso te cause un gran pesar.

–¿Qué significa eso? –parecía enfadada, y él no lo entendía. Se esperaba un suspiro de alivio, tal vez una disculpa, pero no esa indignación, casi como si estuviera dolida. ¿O solo se trataba de su orgullo herido?

–No nos pongamos quisquillosos…

–¿Quisquillosos?

–Con respecto a tu hermana, se quedará interna en la escuela, por lo que no tendrá que vivir con Carlos Betano. Las vacaciones puede pasarlas contigo

–¿Qué? ¿Cómo lo has conseguido?

–Betano es un hombre razonable cuando puede perder las comodidades que lo rodean. Tiene la casa hipotecada y se enfrenta a un desahucio. He hecho que me transfieran la hipoteca.

–Alex, no tenías que…

–Anna es ahora un miembro de mi familia. Cuidaré de ella.

–No lo será, si nuestro matrimonio se anula. No serás responsable de ella.

Alex se quedó en silencio. Quería que Anna estuviera atendida y con todos los gastos pagados. Le había fallado a su propia hermana, pero no le fallaría a la de Milly. Pero ella tenía razón: cuando el matrimonio se anulara, no tendría relación alguna con Anna. Era muy probable que no volviera a verla, ni tampoco a Milly. La idea le produjo una inexplicable sensación de pérdida.

–De todos modos, ya está hecho.

–¿Por qué lo haces, Alex? –preguntó ella con suavidad–. ¿Cómo puedes ser tan amable y tan frío a la vez? ¿No podemos hablar?

–No tiene sentido.

–¿Y tu heredero? ¿Y tu empresa?

–Ezio se quedará con el negocio –odiaba la idea, pero aprendería a vivir con ella.

–No lo entiendo –estalló ella–. ¿Por qué?

–No te he pedido que lo entiendas –no quería analizar su fracasado matrimonio. No serviría de nada y cada palabra, cada recuerdo, le supondría un inmenso dolor.

–Ya lo sé –contestó ella con dignidad–. Me lo has dejado muy claro –Milly colgó el auricular de golpe.

Él dejó el móvil en el escritorio y se volvió hacia la ventana. No entendía por qué ella se había enfadado cuando esperaba que se sintiera aliviada. Sin embargo, parecía desconcertada, decepcionada, dolida incluso.

¿O acaso él estaba proyectando sus sentimientos en ella? Porque la agonía de la noche de bodas era una cicatriz peor que las del rostro: la repulsión de ella, su miedo, su asco…

Debía dejar de pensar en ello. Su breve relación con Milly James había desenterrado una parte de él que creía sepultada para siempre. Ella le había quitado la coraza protectora sin siquiera intentarlo. Tenía que reconstruir sus defensas para que nadie volviera a acercársele. Sabía que era la única manera de seguir adelante.

Capítulo 10

MILLY estuvo deambulando dos días por la villa, totalmente conmocionada, repasando la conversación con Alex, antes de decidirse a hacer algo. No podía, desde luego, dejar que se marchara así, aunque solo fuera porque el brusco rechazo de Alex le recordaba el pasado. Durante su infancia, en realidad durante toda su vida, sus padres la habían apartado como un obstáculo.

También le recordaba el cruel rechazo de Philippe, aunque Alex era muy distinto de él. Era sincero, o al menos creía que lo era. Y solo por esa razón tenía que hablar con él en persona.

Así que decidió ir a Atenas. Se lo dijo primero a Yiannis porque suponía que Alex aún no le habría contado a nadie lo de la anulación y porque necesitaba su ayuda para llegar allí.

—Voy a ir de compras a Atenas —le dijo despreocupadamente una mañana de principios de septiembre—. ¿Puedes llevarme al ferri?

—A *kyrie* Santos no va a gustarle que tome el ferri.

—No es la primera vez. Y miles de personas viajan en él —y estaba segura de que a Alex le daba lo mismo lo que hiciera y cómo lo hiciera.

—Pero eso era antes de que se casaran. Si se espera uno o dos días, el yate volverá y…

—Pero eso sería un derroche —protestó Milly—. Además, quiero darle una sorpresa —lo cual era cierto, aunque no de la clase que se esperaba Yiannis, a juzgar por el brillo de sus ojos. Sabía que él y Marina, al igual que Anna, querían el final feliz del cuento.

– No sé, *kyria*…

–Milly. Me llamabas Milly, antes de casarme. Y no eres mi guardián, Yiannis —dijo sonriendo–. Soy una persona adulta. Voy a hacerlo. Lo único que te pido es que me lo pongas más fácil.

Finalmente, él accedió e incluso le dio la llave del piso de Alex. Milly no perdió el tiempo en hacer el equipaje. No tenía ningún plan, salvo el de llegar a Atenas y enfrentarse a Alex. Ya pensaría en algo en el ferri o improvisaría sobre la marcha.

El viaje en el barco fue movido porque el mar estaba picado. Milly se pasó la mayor parte de las seis horas vomitando por la borda, así que, al llegar a Atenas, estaba físicamente destrozada.

Aunque la llave del piso de Alex parecía quemarla en el bolsillo, decidió alquilar una habitación en un hotel modesto, porque no quería encontrarse con él por accidente, cuando aún no estuviera preparada.

Se duchó y se cambió. Se miró al espejo y pensó que no tenía buen aspecto, pero decidió no maquillarse, ya que no iba a seducir a Alex, que le había dejado muy claro qué sentía físicamente por ella.

Se dirigió a la plaza Syntagma, donde Alex tenía la oficina. Al llegar a la plaza vio una farmacia. Aunque le había dicho a Alex por teléfono que no estaba embarazada, no había tenido el periodo desde la noche de bodas. Esa irregularidad se debería, sin duda, al estrés, pero, para estar segura, entró en la farmacia y pidió, en un griego vacilante, una prueba de embarazo, que metió en el bolso. Dejaría esa posible com-

plicación para más tarde, aunque le resultaba difícil
creer que un breve acto sin amor pudiera tener como
consecuencia un bebé.

–*Kyrie* Santos está ocupado –le informó la recepcionista cuando Milly entró en el rascacielos donde
trabajaba Alex–. Y nunca recibe visitas.

–A mí me recibirá. Soy su esposa.

La recepcionista se quedó con la boca abierta ante
el aspecto desastrado de Milly y preguntó con desprecio:

–¿Su esposa?

–Sí, su esposa. Llámelo y dígale que estoy aquí
antes de que usted se siga poniendo en evidencia –era
la primera vez que Milly hablaba a alguien así, pero
se sintió bien. Después de toda una vida en la que la
habían pisoteado, por fin se hacía valer. El rechazo de
Alex la había fortalecido.

La recepcionista llamo por teléfono mientras Milly
esperaba tratando de aparentar una calma que no sentía.

–Puede subir.

Subió al vigésimo segundo piso con el corazón en
la boca. ¿Qué diría Alex al verla? Y ella, ¿qué le diría?
No lo había pensado detenidamente, sino que se había
dejado guiar por la emoción.

La puerta del ascensor se abrió y allí estaba Alex,
fulminándola con la mirada.

–¿A qué has venido?

–A ver a mi esposo –contestó ella saliendo del ascensor–. ¿O no forma eso parte de tus condiciones?

–Las condiciones son discutibles, teniendo en
cuenta que nuestro matrimonio está a punto de anu-
larse.

–¿Es lo mismo anularlo que divorciarse?

–¿Qué? –Alex se quedó desconcertado al verla entrar en el despacho intentado disimular su temblor. ¿De dónde había sacado semejante valor?–. ¿Qué más da?

–El contrato prematrimonial especifica que me tendrás que dar otros cinco millones de euros, si nos divorciamos.

Alex cerró la puerta y la miró con incredulidad.

–¿Has venido a eso, a pedirme dinero?

–No. He venido en busca de una respuesta clara. ¿Cómo crees que me he sentido después de que me abandonaras la noche de bodas y hayas desaparecido durante tres semanas? Y lo primero que me dices al comunicarte conmigo es que quieres anular nuestro matrimonio –se le llenaron los ojos de lágrimas, pero parpadeó furiosamente, resuelta a mostrarse fuerte–. ¿Cómo has podido ser tan cruel?

–¿Cruel yo? No he sido cruel, sino bondadoso.

–Pues tienes una extraña idea de la bondad. ¿Sabes lo mal que me he sentido, rechazada de ese modo? –dijo sollozando.

–Milly –afirmó él negando con la cabeza– si alguien se ha sentido rechazado he sido yo. No podemos negar que nuestra noche de bodas fue un desastre. Traté de hacértela lo más soportable posible, pero sé que te resultaba difícil… tocarme. Incluso mirarme.

–¿Qué? –Milly lo miró sin entender.

–Vamos, Milly, no nos andemos con rodeos. Era evidente –fue a sentarse al escritorio, como si quisiera convertir la conversación en una reunión de negocios–. Lo que ahora intento es ahorrarnos a los dos más malestar. El matrimonio es una idea estúpida para alguien como yo.

Milly se le acercó. ¿Podía deberse todo aquello a sus cicatrices?

—¿Alguien como tú? ¿A qué te refieres?

Alex se señaló con impaciencia el lado dañado del rostro.

—¿Tengo que explicártelo en detalle?

—Sí, creo que sí.

Él apretó los labios y ella lo miró fijamente hasta hacer que apartara la vista.

—Te di asco, Milly, hasta tal punto que te entraron ganas de vomitar —ella recibió sus palabras como latigazos en la espalda, en el corazón.

—Alex, vomité porque había bebido demasiado champán.

—Un copa.

—Con el estómago vacío y, además, estaba muy nerviosa, aterrorizada. Era virgen. Lo sabías, ¿verdad?

—Sí —dijo él sonrojándose.

—¿Y no se te ocurrió pensar que estaba asustada por eso, no por las cicatrices de tu rostro? —preguntó llena de furia—. ¿Podrías dejar de pensar en ti un momento y pensar en cómo me sentía yo? Una virgen a quien apenas habían besado, en su noche de bodas con un hombre a quien prácticamente no conocía…

—Un hombre que te repelía.

—¡Deja de hablar así! No me importan tus cicatrices. Y si te hubieras molestado en fijarte, te habrías percatado de que no me repelían. ¡Te deseaba, bobo!

Alex la miró con incredulidad. ¿Por qué se empeñaba en contarle aquel cuento?

—Pues tus actos indicaban lo contrario.

–No me estás escuchando. Era virgen. Estaba nerviosa. Había bebido champán con el estómago vacío. Y tú ni siquiera me habías besado.

Sus palabras cayeron sobre él como un mazo, pero se resistía a creerlas.

–No querías que te besara.

–¿Cómo lo sabes? –preguntó ella, completamente harta de su insistencia.

–Me lo indicó todo lo que hiciste y dijiste. No quisiste que te ayudara con la cremallera…

–Porque estaba nerviosa y tú te mostrabas muy frío.

–Y cuando te ayudé, te estremeciste.

–De deseo, no de asco. Cuando me acariciaste, quería que me acariciaras más, pero dejaste de hacerlo. ¿Qué más tengo que hacer para que me creas? ¿Crees que esto me resulta fácil? ¿Cuánto tengo que humillarme?

–Fui yo quien sufrió la humillación.

–No. Te deseaba –le tembló la voz–. Eras tú quien parecía no desearme.

Él la miró con la boca abierta, conmocionado por sus palabras.

–Milly, creo que te di pruebas de lo que sentía.

–¿Porque pudiste completar el acto? –ella se encogió de hombros, desdeñosa, al tiempo que se sonrojaba–. La mayoría de los hombres lo hace, que yo sepa. En realidad, no significa nada.

Alex le dio la espalda bruscamente mientras se frotaba la cara. ¿Podía haberse equivocado tanto? ¿Su miedo y su debilidad le habían distorsionado la percepción hasta ese punto?

–¿Por qué no iba a desearte? –preguntó en voz baja, todavía de espaldas a ella.

–Porque no soy guapa. Sé que soy un ratoncito.

–¿Un ratoncito? –se volvió, furioso–. ¿Te lo han llamado alguna vez?

–Sí, un hombre. Philippe –tragó saliva–. Creí que lo quería, pero fue un espejismo, una fantasía.

–¿Y qué pasó?

–Que él no sentía lo mismo. Bueno… –se rio con tristeza–. La verdad es que era un hombre cruel y deshonesto. Encantador, pero su encanto solo era un barniz. Después de haber vivido con mi madre, creí que lo reconocería, pero no fue así.

Alex cerró los puños. Ya odiaba a ese hombre.

–¿Qué pasó entre vosotros?

–Nada –contestó ella intentando sonreír–. Básicamente, me puse en ridículo al seguirlo a todas partes y creerme sus mentiras. Me dijo que se había enamorado de mí, pero… –se detuvo y tragó saliva. Él notó lo difícil que le resultaba aquello.

Se avergonzó al darse cuenta de que ella tenía recuerdos dolorosos e inseguridades. ¿Cómo podía haber sido tan egoísta, tan arrogante, para creer que él era el único?

–No tienes que contármelo, Milly

–Quiero hacerlo porque, entonces, puede que entiendas de dónde vengo. Él era uno de los amigos de mi madre de cuando ella había vivido en París, del círculo de los aristócratas empobrecidos. Verdaderamente, un grupo estelar.

–¿Cómo lo conociste?

–Me buscó porque conocía a mi madre. Eso debiera haber bastado para ponerme en estado de alerta, pero parecía muy sincero y yo quería creerle. Nadie se había interesado por mí de esa manera.

–Nadie…

–No soy guapa, Alex. Lo sé.

–Claro que…

Ella negó con la cabeza, sin querer creerle.

–Empezamos a salir. Me dijo que me quería y que deseaba que pasáramos la noche juntos en un hotel. Todo muy romántico, pero yo tenía mis dudas. Todo iba muy deprisa.

–No me digas que te hizo daño

–No, solo hirió mis sentimientos. Estábamos en una fiesta y yo había ido al servicio. No me encontraba a gusto, porque eran sus amigos, no los míos. Al volver lo oí hablando con sus amigos –se mordió el labio como se lo había mordido la noche de bodas–. Bromeaban, apostaban sobre cuándo me desfloraría. Me quedé parada, incapaz de creer lo que oía y, después, él dijo que tendría que sonreír y soportarlo porque yo le resultaba muy… –se detuvo. Alex dio un paso hacia ella.

–Ese hombre era un canalla, Milly.

–Bueno, seguro que te imaginas lo que dijo. Uno de sus amigos me vio y le dio un codazo. Él se volvió y se rio en mi cara. Ni siquiera intentó negarlo. Me dijo que se había propuesto seducir a la chica más fea que encontrara. Fue entonces cuando lo dijo: «¿De verdad crees que me iba a enamorar de un ratoncito como tú?». Sé que era un imbécil y que en ese momento intentaba salvar la cara delante de sus amigos. Sé que sus palabras no eran verdad. Lo he superado.

–¿Ah, sí? –ella había sufrido el rechazo al que él no había querido enfrentarse, por lo que se había escondido. Ella era mucho más valiente.

–Sí –dijo Milly con voz firme. Lo miró con lágrimas en los ojos–. Puede que ahora entiendas por qué me comporté como lo hice la noche de bodas. Yo también tenía recuerdos dolorosos.

–Ojalá lo hubiera sabido.

–No me diste la oportunidad de contártelo. Y reconozco que tampoco quería desnudarme ante ti de esa manera –consiguió sonreír con ironía–. Ya estaba bastante desnuda.

–Lo siento –dijo Alex con sinceridad–. Solo pensaba en mí mismo –aunque estaba convencido de estar pensando en ella, de estar siendo amable, lo único que hacía era protegerse, como siempre.

–Así que aquí estamos. Dos personas que han malinterpretado todo a causa del miedo.

Él fue a protestar, pero era cierto que había tenido miedo de que lo rechazara o lo hiciera sufrir. Así que él la había hecho sufrir a ella.

–Lo siento –repitió él.

Se miraron fijamente durante unos segundos.

–¿Y ahora qué? –preguntó Milly en voz baja–. ¿Sigues dispuesto a anular el matrimonio?

–Creí que era por tu bien.

–Ya te he dicho que no.

Él respiró hondo y se obligó a hacerle una pregunta.

–¿De verdad quieres seguir casada conmigo? Anna se quedará en la escuela y tú puedes quedarte con los cinco millones de euros.

–Yo cumplo las promesas, Alex, los votos –contestó ella con voz temblorosa–. Y lo cierto es que no quiero que me vuelvan a rechazar. No busco amor, pero pensaba, esperaba que podría haber afecto entre nosotros. Y tal vez deba hacerte yo la misma pregunta: ¿De verdad quieres seguir casado conmigo? ¿Me deseas? –la voz se le quebró.

Él fue incapaz de hablar durante unos segundos. Le parecía increíble que ella hubiera tenido tantas dudas como él y que no se hubiera dado cuenta. Y ahora ella le pedía que le dijera la verdad. Y lo haría, por mucho que le costara.

–Sí, de verdad que quiero. Eres preciosa, Milly. Los lunares de tus hombros…

Ella, incrédula, soltó una carcajada.

–¿Los lunares de mis hombros, ni más ni menos?

–Sueño con besarlos –reconoció él, mientras el deseo se despertaba en su interior al pensarlo–. Con besarte toda entera.

–Pues hazlo –dijo ella mirándolo con los ojos brillantes.

Capítulo 11

EL DESEO invadió a Milly mientras miraba a Alex desafiándolo a hacer realidad su deseo. Necesitaba que lo hiciera, porque si no hacía nada, sería ella la que tomaría la iniciativa.

–Quieres decir… –titubeó él. Milly se preguntó cómo un hombre tan guapo y poderoso podía sentirse tan inseguro. Las cicatrices eran más profundas de lo que parecían.

–Sí, ahora. Por favor.

Se acercó a ella y Milly contuvo la respiración.

–¿Estás segura?

–¿Cuántas veces tengo que decírtelo?

Él le acarició suavemente los labios.

–No he besado ni acariciado a ninguna mujer desde el accidente.

–Pues acaríciame.

Y lo hizo. Agachó la cabeza y le puso la mano en la cintura mientras le rozaba los labios con los suyos. Ella abrió la boca pidiéndole más y le puso las manos en los hombros para acercarse más a él. Cuando sus cuerpos se encontraron, ella tomó aire. Le pareció que ardía por dentro.

E, increíblemente, Alex parecía sentir lo mismo, porque el roce inicial se convirtió en avidez y exigencia, en algo maravilloso, mientras la apretaba contra sí.

–¿Dudas ahora de mí? –preguntó él. Ella, incrédula, se echó a reír, embriaga por el deseo que percibía en ella y en él.

–Dame más pruebas.

Él la agarró por las caderas y la sentó en el escritorio apartando los papeles de un manotazo. Le abrió las piernas y se situó en medio mientras la besaba con urgencia. Ella le introdujo las manos en el cabello teniendo cuidado de no tocarle las cicatrices, ya que no estaba segura de si le dolían.

–Acaríciame, Alex –gimió–. Acaríciame más, por favor.

Él le deslizó la mano por el muslo y ella se retorció al sentir el contacto de sus dedos. Él siguió subiendo y ella gimió de placer y frustración. Quería más.

Y él llegó a su centro y la acarició con destreza. Pero seguía sin ser suficiente.

Envalentonada por su deseo, Milly le agarró la cremallera de los pantalones. Alex separó la boca de la de ella.

–Milly…

–Recuerda que no recibes visitas –él sonrió levemente y ella tuvo ganas de cantar.

Alex se bajó la cremallera y la atrajo aún más hacia sí para situarse entre sus muslos. Comenzó a penetrarla.

–Dime si te hago daño –murmuró. Ella negó con la cabeza, que apretaba contra su hombro mientras ajustaba su cuerpo al de él.

–No, en absoluto.

Después, ella no pudo seguir hablando ni pensando. Solo sentía el exquisito placer del cuerpo de él en el suyo, la abrumadora intimidad que suponía aquel acto que los uniría para siempre. Nada podría separarlos. Nada.

Y cuando ella alcanzó el clímax, fue como si el

mundo se disolviese y se volviese a unir con una luminosidad nueva y cristalina, mientras él la acunaba en sus brazos agarrándola como si no la fuese a soltar nunca. Y, en ese momento, ella supo que no quería que lo hiciera.

Pero la soltó y retrocedió lentamente, aturdido por la intensidad de lo que acababa de suceder.

—¿Te he hecho daño?

Milly estuvo a punto de soltar una carcajada.

—No. ¿Creías que me lo habías hecho?

—He perdido el control.

—Yo también —ella se detuvo. La seguridad que le había proporcionado hacer el amor con él comenzaba a evaporarse. Tenía frío y estaba pegajosa. Se retorció para tratar de bajarse la falda, que tenía subida a la altura de las caderas—. ¿Eso es malo?

—No —Alex negó con la cabeza y se dio la vuelta para subirse los pantalones—. Pero no me lo esperaba.

No parecía muy contento y Milly no sabía por qué. Que hubiera atracción física entre ambos tenía que ser bueno, sobre todo si él quería un hijo. Pensó en la prueba de embarazo que llevaba en el bolso. No podía estar embarazada. No podía enfrentarse al hecho de estarlo. Era demasiado pronto.

—¿Qué es lo que no te esperabas? —preguntó mientras se bajaba del escritorio y se estiraba la falda. Tenía los labios hinchados y el cuerpo agradablemente dolorido. Pero Alex se comportaba con precaución. Por muy desinhibidos que hubieran estado momentos antes, las cosas habían cambiado.

—Que hubiera atracción física entre nosotros —se volvió hacia ella—. No lo había planeado.

—Seguro que podrás incorporarlo a tus planes. Hará más agradables los intentos de quedarme embarazada.

–Supongo que sí –seguía sin parecer contento y Milly no se atrevió a preguntarle más. En realidad, no sabía qué hacer.

–Así que no vas a anular el matrimonio –dijo, por fin, porque le pareció lo más importante.

–No –contestó él de mala gana, tras titubear unos segundos–. No voy a hacerlo.

Alex no sabía qué sentir. Lo que acababa de suceder lo había dejado alucinado y había destruido sus prejuicios. Lo había dejado dando vueltas en el vacío, porque nada lo había hecho esperar lo que había sucedido, que había sido increíble, el mejor sexo que había tenido en su vida, porque no solo había sido sexo.

Y ahí estaba el problema. Pisaban un terreno resbaladizo, se movían en aguas peligrosas.

–¿Alex? –Milly lo miró insegura–. ¿Por qué no estás contento?

–Es que no me lo esperaba –repitió él.

–De acuerdo, pero ¿no podríamos considerarlo una ventaja?

–Una ventaja la miró como si la viera por primera vez. El cabello le caía por los hombros, todavía estaba sofocada y tenía los labios hinchados de sus besos. Volvió a desearla con tanta intensidad que se asustó.

Milly no sabía, ni él iba a decírselo, que llevaba casi dos años sin desear a una mujer y que creía que no volvería a sentir ese deseo. Pero ahora lo dominaba por completo. Era excitante, pero también alarmante. Lo hacía vulnerable. Lo debilitaba.

–¿Alex?

Estaba siendo irracional, emotivo, que era algo que intentaba no ser porque sabía adónde conducía. Una relación física no tenía por qué significar nada. No lo había hecho antes. Era cierto que estaban casados y que eso significaba algo, pero su relación física podía limitarse a ser una ventaja añadida, como había dicho Milly. Una ventaja muy agradable.

—Perdona —le sonrió brevemente—. Estoy de acuerdo.

—¿Ah, sí?

—Claro que sí —ella lo miró esperando algo más. Alex le tendió los brazos y ella se refugió en ellos, lo cual también le pareció extraño.

—Es una ventaja inesperada —murmuró antes de besarla en los labios. Ella reaccionó de inmediato apretándose contra él al tiempo que le rodeaba el cuello con los brazos, incitándolo a ir más lejos.

Pero no era el momento ni el lugar, a pesar de lo que acababa de suceder en el escritorio. Necesitaba recuperar el control y decidir cómo iba a manejar aquella imprevista complicación.

—¿Por qué no vas a mi piso? —sugirió él—. Ponte cómoda y encarga algo de comer. Yo iré en cuanto haya terminado aquí. El portero te dará una llave.

—Ya tengo llave. Me la dio Yiannis cuando le dije que venía. Le conté que quería darte una sorpresa. Le hice creer que... bueno, exactamente lo que ha sucedido, solo que no me lo esperaba.

Parecía feliz. A Alex le resultaba difícil creer que él la hubiera hecho tan feliz, lo cual lo volvió aún más precavido, porque ¿qué sucedería cuando, inevitablemente, la decepcionara o la hiciera sufrir?, ¿cuando supiera la verdad?

—Pues no llamaré al portero —dijo sonriendo.

—Muy bien —ella vaciló y él se limitó a meterse las manos en los bolsillos y esperar a que se fuera.

–Hasta luego –dijo ella.

–Hasta luego.

Ella se fue. Lo único que quedó de su presencia fue el aroma de su perfume y los papeles esparcidos por el suelo que él había lanzado en un momento de cegadora pasión.

¿Qué le pasaba? ¿Qué les había pasado? Volvió a sentarse al escritorio. Menos de una hora antes, su intención era anular el matrimonio. Incluso había llamado a su abogado para que preparara los papeles. Y ahora su matrimonio le parecía distinto.

Pero no tan distinto.

Alex se estremeció. Todavía tenía trabajo, pero se dio cuenta de que no podría concentrarse porque seguía reviviendo los momentos que había vivido con Milly, cuando ella lo había mirado a los ojos y le había dicho que lo deseaba y le había rogado que la acariciara más.

Se levantó bruscamente, excitado por el recuerdo. Estaba tentado de ir a pasar el resto del día y la noche con Milly. Pero tenía que pensar y controlarse, porque, aunque ella, increíblemente, hubiera aceptado las cicatrices de su rostro, no conocía las de su alma. No sabía de lo que era capaz y cómo le había fallado a sus seres queridos. Y si se enteraba, sería incapaz de mirarlo a la cara y no soportaría que la tocara. Estaba seguro, y ahora le dolería más por lo que habían compartido.

Tenía que hallar el modo de mantenerse distante y disfrutar de aquella «ventaja». Y sabía que no tendría problemas para hacerlo. Al fin y al cabo, era un hombre que había tenido una vida sexual activa, que había separado el amor del sexo con una facilidad total. No le supondría un problema. Se aseguraría de que así fuera.

Capítulo 12

MILLY entró en el ático que Alex tenía en uno de los mejores barrios de Atenas. Se sentía muy aliviada. El cuerpo aún le cosquilleaba de haber hecho el amor. Habían pasado muchas cosas. Habían cambiado muchas cosas. Al menos, eso esperaba.

Dejó la bolsa de viaje al lado de la puerta mientras contemplaba el lujo que la rodeaba. El ático era diáfano, con techo de cristal y ventanales con vistas a la Acrópolis. Había sofás blancos y grises sobre el suelo de mármol negro y un cuadro abstracto sobre la chimenea.

Milly se acercó y se dio cuenta de que el lienzo no era abstracto, sino el dibujo de un niño ampliado, con figuras formadas por una línea y una cabeza ladeada con una amplia sonrisa. ¿Por qué tenía Alex ese dibujo allí? ¿Qué significaba para él?

Observó que había tres figuras, dos adultos y un niño. ¿Quién lo habría dibujado?

Recorrió el resto de la casa: una amplia cocina daba al salón y un pasillo conducía a dos suntuosos dormitorios, cada uno con un lujoso cuarto de baño. Al final del pasillo había unas escaleras en espiral que llevaban a un gimnasio y un estudio, así como a una enorme azotea con piscina, en la que el agua brillaba al sol del mediodía.

El ático era tan lujoso como la villa de Naxos, pero, salvo por el dibujo infantil sobre la chimenea, era totalmente impersonal. No había fotografías ni adornos, libros u objetos de recuerdo, como tampoco en la villa. Era como si Alex hubiera borrado a propósito todo rastro de sí mismo.

De vuelta al piso de abajo, Milly se preguntó qué pasaría cuando él volviera. Recordó su actitud distante con inquietud. A pesar de la forma en que habían hecho el amor, él había adoptado cierta distancia emocional, que ella suponía que era una segunda piel. Era un hombre reservado, y las cicatrices lo habían vuelto aún más.

El problema era que lo que había sucedido entre ellos ese día había cambiado las cosas para ella. Sabía que el sexo solo tenía que ser sexo, pero no le había parecido eso, sino algo íntimo, increíble, importante. E iba a tener que recordar constantemente que para Alex no era así, lo cual estaba bien porque, con independencia de la química que existiera entre ellos, Alex no era el hombre adecuado para que le entregara el corazón. Él, desde luego, no lo aceptaría y ella no quería volver a sufrir.

Como Alex tardaría en volver, decidió darse un baño. Llenó la bañera de mármol hasta arriba y, al ir a sacar ropa limpia de la bolsa de viaje, tropezó con la caja de cartón que había comprado esa mañana: la prueba de embarazo.

Vaciló durante unos segundos, porque era el momento ideal para asegurarse de que no estaba embarazada. Pero dejó la caja donde estaba, convencida de que el periodo se le había retrasado a causa del estrés.

Pero al sumergirse en el agua caliente, tuvo que reconocer que no quería hacerse la prueba, no porque pensara que era algo inútil, sino porque no quería estar embarazada todavía, cuando Alex y ella comenzaban a conocerse y su matrimonio podía ser algo más que un acuerdo de negocios. Esperaría unos días o unas semanas. Lo más probable era que le viniera el periodo.

Conforme avanzaba la tarde, comenzó a ponerse nerviosa. Como no había comida en el piso, la encargó por teléfono y se dedicó a retocarse el maquillaje, para acabar desmaquillándose por completo. Era ridículo porque ya era tarde para tratar de impresionar a Alex.

Cuando, por fin, se abrió la puerta del piso, fue incapaz de decir nada, a causa de los nervios. Alex se detuvo un momento, iluminado por la lámpara del vestíbulo, y ella lo miró desde la oscuridad en que se hallaba, llena de deseo.

Alex dejó caer el portafolios y cerró la puerta.

—Estaba esperándote —dijo Milly sin aliento y preguntándose si él sentiría el mismo deseo que la invadía a ella y que la atraía hacia él.

Él se le acercó mientras se quitaba la chaqueta y la corbata. La tomó en sus brazos y comenzó a besarla en la boca. Era lo único que ella necesitaba para estallar de excitación y reaccionar besándolo con todo el deseo y la pasión que sentía.

Se desnudaron y se dirigieron tambaleándose y tropezando al dormitorio. Cayeron en la cama con los cuerpos entrelazados. Milly lanzó gritos ahogados y se arqueó mientras Alex la besaba todo el cuerpo con la boca. Cobraba vida en sus manos de una forma inesperada y, cuando la penetró, gritó de placer y de sorpresa porque todo volviera a ser tan increíble entre ellos. Tan importante.

Tumbados sobre las sábanas revueltas, con el corazón todavía acelerado, ninguno había hablado aún, cuando llamaron a la puerta.

–Debe de ser la comida que he pedido –dijo Milly–. Voy por ella –se levantó, se puso una bata y se dirigió apresuradamente a la puerta.

Mientras recogía la comida, sintiéndose saciada y somnolienta, se dio cuenta de que hacía tiempo que no experimentaba tanta felicidad. Sonrió mientras volvía a la habitación con las bolsas.

–Pareces el gato que se ha comido al canario –dijo Alex, mientras se desperezaba en la cama.

–Es que me lo he comido –bromeó ella. Él rio y a ella su risa le pareció un sonido maravilloso y nuevo. Se diría que su fachada de hielo se estaba resquebrajando.

Se quitó la bata y volvió a la cama. Cenaron comida china. Milly se sentía flotar de felicidad.

–¿Has cerrado alguna venta de propiedades hoy? –preguntó.

Alex la miró sorprendido.

–¿De verdad quieres saberlo?

–Claro que sí.

–Estoy trabajando en un proyecto de casas baratas en El Pireo.

–Parece interesante –ella se había imaginado que Alex trabajaba con hoteles y lujosos centros de vacaciones, no para gente necesitada–. ¿Ganas dinero con eso?

–Sí, si lo haces bien. Las casas son sostenibles desde el punto de vista medioambiental, estarán construidas con materiales que se encuentran en la zona y todos los que trabajen en ellas serán habitantes de El Pireo. El proyecto está destinado a revitalizar la comunidad, no solo a construir viviendas.

–Eso es estupendo, Alex.

–No, es inteligente. Yo obtengo beneficios. No vayas a considerarme un caballero andante porque estamos bien en la cama.

Ella se sonrojó porque era eso justamente lo que estaba haciendo.

–Yo no diría tanto, pero ¿por qué le restas valor cuando es, obviamente, algo bueno?

–No le resto valor. Solo te prevengo.

Ella, dolida, agachó la cabeza.

–¿Contra qué?

Él la agarró de la barbilla para levantarle la cabeza y que lo mirase.

–Lo que hay entre nosotros es bueno. Es una ventaja, como dijiste. Pero eso es todo.

–Lo sé –afirmó ella, molesta porque él hubiera sentido la necesidad de prevenirla.

–No quiero decepcionarte.

–No lo harás –echó la cabeza hacia atrás para desprenderse de su mano–. Estoy aquí por propia voluntad y tengo los ojos muy abiertos. No dejaré que me decepciones.

Alex pensó que se le daba muy bien arruinar los buenos momentos. Observó a Milly y casi deseó no haberle hecho esa advertencia. Pero había visto brillar sus ojos e incluso había entendido por qué. La increíble intimidad física que había entre ambos hacía que ella deseara una relación más profunda. Era natural, esperable. Ambos tenían que evitar que ocurriera.

Lo inteligente sería que ella volviera a Naxos y que él siguiera trabajando. Pero no deseaba hacerlo. Estaban casados y disfrutaban mutuamente de sus cuerpos. Era muy sencillo.

–¿Por qué no te quedas en Atenas unos días? –propuso él–. Podrías ir de compras.

–Preferiría hacer turismo. No he estado en la Acrópolis ni en ninguno de los museos.

–Pues haz eso –esbozó una sonrisa lobuna–. Puedes visitar Atenas de día y, por la noche, nos entretendremos juntos.

Los días siguientes fueron los más placenteros de la vida de Alex; no solo placenteros, sino felices. Era más feliz de lo que nunca había esperado, lo cual lo inquietaba, porque sabía que la felicidad podían arrebatártela y destruirla.

Al cabo de unos días, Milly volvería a Naxos. Mientras tanto, disfrutaban el uno del otro. Y lo hacían en la cama y fuera de ella. Alex estaba sorprendido de lo mucho que disfrutaba fuera de ella. Le gustaba charlar mientras comían o ver una película estúpida en la televisión. Sobre todo le gustaba volver al piso, a un hogar. Con el paso de los días, Milly había llenado la cocina de víveres y preparaba la cena. Alex le había dicho que podían encargarla, pero ella le contestó que le encantaba cocinar.

Y a él le gustaban aquellas deliciosas cenas juntos. Parecían una familia.

–¿Crees que estarás embarazada? –le preguntó una noche después de hacer el amor.

–¿Embarazada? –ella se puso tensa y a él le pareció que el temor había aparecido en su rostro durante unos segundos, antes de que recuperara su expresión habitual–. Es un poco pronto, ¿no?

–Eres joven y estás sana.

–Sí, pero solo llevamos un mes casados, que, además, hemos pasado casi separados. No hace falta que nos apresuremos, ¿verdad?

—¿Apresurarnos? —la miró intentado adivinar lo que era evidente que la inquietaba—. No se trata de apresurarnos. La naturaleza seguirá su curso y, ciertamente, estamos haciendo todo lo posible por nuestra parte.

—Sí —dijo ella. Parecía aliviada y Alex se preguntó si le ocultaba algo, qué era lo que no le decía.

—Solo me lo preguntaba. Me lo comunicarás si crees que puedes estarlo, ¿verdad?

—Por supuesto —respondió ella a toda prisa—. Claro que te lo diré.

Alex dejó de inquietarse los días siguientes. Y los días en Atenas se transformaron en semanas, sin que ninguno de los dos hablara del regreso de ella a Naxos.

Un día, cuando él volvió de trabajar, ella le dio una sorpresa.

—Anna ha llamado.

—¿Ah, sí? —él, como era habitual, dejó el portafolios en el suelo y se quitó la chaqueta y la corbata—. ¿Cómo le va en la escuela?

—Muy bien —Milly titubeó y él creyó que había algo más.

—¿Y?

—Va a tocar en una gala solidaria la semana que viene. Es un gran honor y me ha pedido que vaya.

—A Roma.

—Sí.

—No hay problema. No estás prisionera, Milly. Eres libre de marcharte. Siempre tengo reservada allí una suite en el Hotel de Russie —no la había vuelto a utilizar desde el accidente—. Llamaré para que te alojes allí.

—No quiero ir sola —le imploró ella.

Alex se quedó inmóvil.

—¿Cómo dices?

—Ven conmigo. Anna quiere que vayamos los dos.

—¿A una gala solidaria? ¿Con cientos de espectadores?

Milly alzó la barbilla, un gesto que Alex sabía que realizaba cuando estaba dispuesta a pelear.

—Sí.

—Milly, ¿acaso tengo que explicarte…?

—Sé que no te gusta que te vean en público por las cicatrices —dijo ella con suavidad, pero con determinación—. Y lo entiendo.

—¿Ah, sí? ¿De verdad lo entiendes?

—¿Cuánto tiempo ha pasado desde el incendio? —susurró ella.

Alex cerró los puños, pero se obligó a abrirlos de nuevo.

—Veintitrés meses.

—¿Y en todo este tiempo no te has dejado ver en público?

Lo dijo como si él fuera un ridículo ermitaño, lo cual lo puso aún más furioso.

—Voy a trabajar y viajo cuando es necesario. Estoy muy bien como estoy. No trates de rehabilitarme, Milly. Es lo único que me faltaba —porque ella no lo lograría, por mucho que lo intentara y, mientras tanto, entre la compasión de ella y el orgullo de él, se destruiría lo que había entre ambos.

—¿Y qué hay de mí? —contraatacó ella—. Lo que necesito es un esposo que me pueda acompañar y esté a mi lado en público. No puedes vivir así eternamente, Alex.

—Viviré como quiera.

–¿Y si…? ¿Y cuando tengamos un hijo? –gritó ella–. ¿Seguirás escondiéndote? ¿No lo acompañarás nunca a la calle? ¿No irás a verlo tocar o jugar un partido?

–No me escondo.

–Es precisamente lo que haces.

Él, lleno de furia, la fulminó con la mirada. Respiró hondo varias veces, resuelto a no perder la calma.

–No lo entiendes.

–Pues ayúdame a entenderlo –imploró ella–. Cuéntame lo que verdaderamente sucede, lo que hay debajo de esa aversión a que te vean en público.

Alex no podía hacerlo. ¿Cómo iba a decirle que el incendio había sido culpa suya, revelarle el hombre que realmente era y que temía que siempre sería? Todo terminaría entre ellos, pero tal vez era lo que necesitaban. Las últimas semanas solo habían sido un espejismo. Era doloroso reconocerlo, pero necesario.

–¿Es por cómo te ve la gente? ¿O hay algo más?

Él la miró durante unos segundos, con los dientes apretados.

–No quiero recordar –dijo finalmente.

–¿El qué? ¿El accidente?

–Sí. Y… Detesto que le gente se compadezca de mí. Me sienta peor que causarle repulsión.

–¿Le has dado una oportunidad a alguien? Tal vez no se compadezca.

–No seas ingenua.

–No te digo que todo el mundo vaya a entenderlo o a aceptarlo. Sé que las cosas no son así, pero yo no te veo como creías que te vería. ¿Y si le dieras una oportunidad a otras personas? ¿Y si salieras de esa prisión en que tú mismo te has metido?

–Es complicado.

–No, no lo es, aunque no sea fácil –lo miró a los ojos–. Sé que te pido mucho y entenderé que te niegues. Pero inténtalo esta vez por mí, por Anna y por la familia que puede que tengamos. Si sale mal, no volveré a pedírtelo –sonrió con ironía–. Al menos durante mucho tiempo.

–Por lo menos eres sincera –afirmó él con una leve sonrisa.

–Intento serlo. ¿Lo harás por mí, Alex? ¿Me acompañarás a Roma? Quiero ir contigo al concierto y Anna también lo desea. Me dijiste que te recordaba a tu hermana… –ella se detuvo, insegura, y él supo que no había podido evitar que la angustia ante la mención de su hermana se le reflejara en el rostro.

Meter a Daphne en aquello… Pero Milly no sabía los recuerdos que había reavivado en él, como viejos y doloroso fantasmas que siempre lo perseguían.

–Por favor –susurró ella.

Y aunque todo su ser se resistía, aunque sabía que le resultaría difícil y humillante, hizo algo que no se esperaba: aceptó.

Capítulo 13

DESDE la suite del último piso del hotel, se veían brillar las estrellas en el cielo y, debajo, las luces de Roma. Habían llegado esa mañana y la gala tendría lugar en menos de una hora.

Después de haber comido en la lujosa suite, Alex había insistido en que Milly fuera al spa del hotel. Además, le habían llevado a la habitación varios vestidos de noche para que eligiera el que se iba a poner. Se había inclinado por un vestido estrecho de encaje color burdeos y unos zapatos con altos tacones del mismo color. Llevaba el cabello recogido en un moño, con algunos mechones sueltos, que le enmarcaban el rostro expertamente maquillado.

Milly se miró al espejo y casi no se reconoció. Estaba emocionada porque iba a salir esa noche… con su esposo.

Le estaba muy agradecida por haber accedido a hacerlo por ella. No habían vuelto a hablar del tema y, a medida que se acercaba el momento, crecía en ella la preocupación. ¿Y si salía mal? ¿Y si la gente miraba a Alex y cuchicheaba, lo cual haría que se encerrara aún más en sí mismo?

Quería creer que no sucedería y esperaba que esa noche fuese el comienzo de una vida nueva para ambos.

Llevaban casi dos meses casados, y la prueba de

embarazo seguía en el fondo de la bolsa de viaje. Según pasaban los días, se daba cuenta de que no tendría que hacérsela, ya que su cuerpo le daba muestras inequívocas de su estado.

Los senos le habían crecido y el periodo le seguía sin venir. Más revelador era que, en los días anteriores, había comenzado a tener náuseas por la mañana. Era casi seguro que estaba embarazada.

«Pero si no te haces la prueba, no estarás segura del todo».

No estaba preparada para decirle a Alex que iba a tener un hijo. No estaba preparada para que las cosas cambiaran entre ellos, y sabía que lo harían. Temía que, en cuanto él se enterara, la mandara de vuelta a Naxos y la dejara en paz, como le había dicho antes de casarse. Un hijo era lo único que necesitaba. Le había prometido no volver a tocarla.

Milly sabía que las cosas habían cambiado desde que habían firmado el acuerdo, pero ¿cuánto? A pesar de la pasión y la intimidad de que gozaban en la cama, Alex seguía siendo un desconocido para ella en muchos sentidos. Odiaba su actitud distante porque era un desconocido del que se estaba enamorando.

No había sido su intención, desde luego. Estaba resuelta a protegerse el corazón, convencida de que no le interesaba el amor. Sin embargo, ahora se daba cuenta de que aquello era una fantasía porque, no solo estaba interesada en el amor, sino desesperada por conseguirlo. ¿Por qué, si no, se había creído tan fácilmente las mentiras de Philippe?

Porque, tras haberse pasado la vida siendo un inconveniente para la gente que debería quererla, anhelaba el amor que aparecía en los cuentos de hadas, un amor tierno y apasionado entre un hombre y una mujer.

Aunque no lo hubiera visto en la vida real, creía en su existencia.

No se podía arriesgar a decirle a Alex que estaba embarazada y que todo cambiara. Solo necesitaba unas semanas más para que su relación creciera y floreciera, para que Alex se diera cuenta de que la necesitaba.

«¿De verdad crees que va a enamorarse de ti?».

Volvió a mirarse al espejo. A pesar del peinado, el maquillaje y el vestido, seguía siendo un ratoncito feo. Si sus propios padres no la habían querido, ¿cómo iba a hacerlo un hombre tan guapo, complejo y bueno como Alex? Porque era bueno, a pesar de que lo disimulaba muy bien. Era un hombre bueno, maravilloso, pero ¿cómo iba a quererla?

—Milly —su forma de pronunciar su nombre, como una caricia, la estremeció de deseo. Nunca se cansaría de oírselo decir, de que la acariciara, de nada de su vida en común. ¿Y él? No estaba segura de sí misma. Le seguía pareciendo increíble que la deseara físicamente, por lo que le resultaba difícil pensar que sintiera algo más profundo.

—Tengo una cosa para ti —ella se volvió y contuvo el aliento al verlo vestido de esmoquin, tan guapo como siempre. Las cicatrices le daban igual. Era el hombre más guapo que conocía.

—Date la vuelta —dijo él. Ella lo hizo y ahogó un grito cuando le puso un collar de diamantes y zafiros—. Hay unos pendientes a juego.

—Alex, es precioso —dijo sonriendo temblorosa—. No sé qué decir.

—Eran de mi madre —dijo él mientras le ponía los pendientes—. Mi padrastro se los regaló en su décimo aniversario de boda.

El hecho de que formaran parte de su herencia, de su historia, los hacía aún más especiales.

–No sé nada de tu madre –dijo ella acariciando los diamantes.

–Murió de cáncer hace diez años. Fue mejor así, ya que no tuvo que ver…

Alex se calló y ella le puso la mano en el hombro. Se quedaron así durante unos segundos, sin necesidad de decir nada.

Después, Alex se apartó de ella. Siempre era el primero en hacerlo. Ella trataba de no darle importancia, pero le dolía.

–La limusina nos espera.

Ella agarró un chal de seda del mismo color que el vestido para cubrirse los hombros. Volvió a ponerse nerviosa al montarse en la limusina. ¿Qué les depararía la noche?

Miró a Alex de reojo. Parecía preocupado. Ella sabía lo difícil que le iba a resultar aquello y quería decirle algo que lo animara, pero temía que cualquier cosa que dijera le recordara el desafío al que iba a tener que enfrentarse.

–Anna está deseando tocar –dijo finalmente. No la habían visto antes del concierto porque estaba ensayando–. Es un inmenso honor para alguien de su curso ser elegido.

–Y yo me muero de ganas de oírla tocar.

El coche se detuvo ante la villa privada del siglo XVIII en que iba a tener lugar el acontecimiento. Una multitud subía las escaleras. A Milly se le hizo un nudo en el estómago al distinguir a los paparazis, cámara en mano, dispuestos a hacer su trabajo. Que le hicieran fotos era lo último que Alex desearía. Vio que apretaba los dientes al descubrirlos.

–¿Vamos? –preguntó él con voz decidida. Un mozo les abrió la puerta, Milly bajó y comenzó a parpadear cuando los paparazis comenzaron a hacerle fotos al tiempo que le gritaban:

–¿Es ese Alexandro Santos? ¿Por qué lleva meses sin aparecer en público?

Ella no había previsto semejante nivel de interés. No hizo caso de las preguntas. Alex bajó del coche y fue como si todos hubieran contenido el aliento. Se hizo un silencio, antes de que las fotos y las preguntas comenzaran de nuevo.

–¿Qué ha pasado, Alex? Cuéntanoslo

–¿Por eso no has aparecido en público?

–¿Quién es tu acompañante?

Milly se esforzó en mantener la cabeza alta y sonreír. Aquellos malditos fotógrafos solo verían el amor y el orgullo que sentía por su esposo. Lo tomó de la mano y se la apretó. Aliviada y contenta, comprobó que él le devolvía el apretón mientras se dirigían a la villa.

Aquello era un infierno y, a la vez, un paraíso sorprendente e inesperado. Alex preveía que hubiera paparazis, aunque sabía que Milly no lo habría pensado. También sabía que la gente se quedaría conmocionada al verlo, ya que había guardado bien su secreto.

Y sabía igualmente que había llegado el momento de revelarlo. En los días anteriores se había percatado de que Milly tenía razón al decirle que no podía esconderse eternamente. Y lo más sorprendente era que, aunque le resultase doloroso, no quería seguir ocultándose.

Estaba casado y esperaba tener un hijo. No podía seguir viviendo como vivía, ocultándose no solo de la gente, sino de la propia vida. Aquel era el primer y difícil paso, y tenía que agradecérselo a Milly.

Nadie les dirigió la palabra mientras entraban en la villa, aunque Alex reconoció a muchos de los invitados. Nadia sabía qué decir. Había habido rumores, desde luego. Él siempre había sido discreto, por lo que los rumores habían desaparecido al cabo de un tiempo. Ahora se sabría la verdad.

«La verdad os hará libres».

Eso sería pedir demasiado. De todos modos, allí estaba, con Milly a su lado, orgullosa y como si estuviera dispuesta a atacar a quien dijera una inconveniencia. Al mirarla, Alex sintió algo más tierno e importante que la increíble química física que había entre ellos; algo que anhelaba, incluso mientras recordaba que debía mantenerse distante.

No obstante, no podía hacerlo en aquel momento, cuando se presentaban en sociedad como matrimonio.

–Alex… –alguien le dio una palmada en el hombro. Alex se volvió y vio a un empresario conocido, Lukas Petrakis, que le sonreía con una mezcla de afecto y compasión–. Había oído rumores de un accidente, pero eran tan vagos… –dijo en voz baja mirándole el lado izquierdo del rostro.

–Un incendio.

–Lo siento mucho. ¿Y ella es…? –preguntó volviéndose hacia Milly.

–Milly, mi esposa.

–Me alegro de conocerte. No sabía que Alex se había casado.

–Es muy reciente –contestó Milly con una sonrisa–. Somos recién casados.

–Qué guardado te lo tenías –comento Lukas– pero siempre has sido muy reservado.

–En efecto –Alex hizo una inclinación de cabeza y siguieron andando entre la multitud.

A medida que la noche avanzaba, se dio cuenta de que no le estaba resultando tan penosa como se esperaba, sino bastante tolerable. Algunas personas lo miraban con compasión, por supuesto, otras, con fascinación horrorizada, pero la mayoría eran amables y simpáticas.

Con Milly a su lado se sentía más fuerte, capaz de enfrentarse a todo, aunque, en el fondo, siempre había sabido que no sería tan difícil. Se había ocultado por orgullo y vergüenza, porque no quería enfrentarse a la compasión ajena ni a su propio sentimiento de culpa cada vez que un desconocido le viera las cicatrices.

Parecía que el tema del orgullo estaba solucionado, pero la vergüenza…

–¡Anna va a tocar! –le susurró Milly emocionada. Alex miró el pequeño escenario montado en un extremo del salón de baile. Mientras se hacía el silencio entre la multitud, Anna entró. Estaba preciosa con su vestido de terciopelo negro. Buscó con la mirada entre los asistentes y su rostro se le iluminó al ver a Alex y Milly. Y comenzó a tocar.

Las tristes y hermosa notas de *Chaconne*, de Tomaso Vitali, llenaron el espacio y envolvieron el corazón de Alex. Apretó la mano de Milly mientras la música despertaba en él deseos y esperanzas que no podía seguir dejando enterrados, al menos en esos momentos.

Deseaba algo más en la vida que la fría y solitaria existencia que había llevado los dos años anteriores; toda su vida, mejor dicho. Siempre se había mantenido al margen; primero, para protegerse de los puños de su padre; después, por la vergüenza y el sentimiento de culpa que experimentaba.

Y, aunque seguía sintiéndolos, tenía también esperanza, frágil y débil, pero estaba ahí. Miró a Milly y vio lágrimas en sus ojos. Y se preguntó si estaba tan afectada como él, si sentía lo mismo que él.

Se aferró aún más a su mano, o tal vez fue ella la que lo hizo. Y permanecieron unidos por la música. Esa noche le diría lo que sentía.

La música terminó y reinó el silencio durante unos segundos hasta que comenzaron los aplausos. Anna sonrió de oreja a oreja.

Milly se soltó de la mano de Alex para aplaudir.

–Estoy orgullosa de ella –murmuró–. Muy orgullosa. Nunca pensé que viviría unos momentos como estos. Perdona, pero estoy muy emocionada –sonrió mientras se secaba las lágrimas. Alex volvió de golpe a la realidad.

Milly estaba emocionada por Anna, no por él. ¿Cómo se le había ocurrido que pudiera ser de otro modo? Ella no sentía lo mismo que él ni por asomo. Se sintió decepcionado, pero muy aliviado por no haber llegado a declararse y haberse puesto en ridículo.

–¿Vamos a felicitarla? –preguntó. Milly asintió.

En cuanto Anna los vio se abrió paso entre la multitud y se abrazó a Milly, primero, y después a Alex, que se sorprendió.

–¡Qué contenta estoy de que hayáis venido!

–Has estado maravillosa, Anna.

–Qué va. He fallado en una nota en el segundo movimiento…

–De verdad que has estado maravillosa –dijo Alex–. La música me ha conmovido –eso había sido todo, una emotiva reacción a una pieza triste y evocadora.

Anna lo miró con los ojos brillantes y después se dirigió a su hermana.

–Parecéis contentos.

–Estamos contentos de haber venido a verte –se apresuró a responder Milly.

–Desde luego –observó Alex–. Tenemos que celebrarlo con tarta y champán.

–¡Me encantaría! –exclamó Anna.

–Entonces, decidido.

Fueron a celebrarlo al comedor privado de un restaurante de lujo cercano. Alex pidió tiramisú y una botella de champán.

–Yo no voy a beber –dijo Milly–. Ya he bebido demasiado, pero Anna puede tomar un poquito.

Alex frunció el ceño porque Milly solo había bebido agua mineral en la gala, pero tal vez se hubiera acordado de la última vez que habían tomado champán, la noche de bodas, cuando ella había vomitado. No le insistió y sirvió el champán a Anna.

–Por Anna y su magnífica actuación –dijo. Todos alzaron las copas. Para él fue un brindis y también un recordatorio de que esa noche había girado en torno a Anna, solo en torno a ella.

Milly y él no hablaron en el trayecto de vuelta al hotel, después de dejar a Anna en la escuela, donde se hallaba interna. Cuando llegaron a la suite, ella le puso la mano en el hombro.

–Alex –musitó.

–¿Qué pasa? –preguntó él con brusquedad. Se sentía vulnerable después de las emociones de la noche y de haberse dado cuenta de que sentía algo por Milly. Fuera lo que fuera, tendría que sofocarlo.

–Gracias por haber salido conmigo esta noche y por estar a mi lado –lo miró con sinceridad y empatía.

–Debería decir lo mismo –afirmó él con aspereza–. Te has llevado la peor parte, sin duda.

–No.

–Que te vieran conmigo…

–Alex –le puso un dedo en los labios–. No digas eso. No se te ocurra pensarlo. Para mí, eras el hombre más guapo de la gala.

–Milly… –no quería su compasión ni que le masajeara el ego por pena, justo cuando él había estado a punto de sentir algo intenso por ella.

–Lo digo en serio –dio un paso hacia él y sus caderas se encontraron, lo que, como siempre, despertó en él el deseo–. ¿Qué necesitas para creerme? –le escrutó el rostro en busca de una respuesta que él no podía darle, ya que la desconocía. Entonces alzó la mano y le acarició las cicatrices. Alex aspiró con fuerza. Era la primera vez que ella lo hacía. Le pareció que le acariciaba el alma.

–Estas cicatrices forman parte de ti, cuentan tu historia. Yo solo conozco una parte, pero sé que demuestran que eres un superviviente y que eres fuerte.

–No sabes…

–Pues cuéntamelo, Alex. Háblame del incendio –le puso la mano en la mejilla y él cerró los ojos.

Alex tardó varios segundos en contestar. No podía. Sin embargo, lo asaltaron los recuerdos y supo que le hablaría de aquella horrible noche. Tal vez ella lo abandonara después, tal vez contárselo fuera la respuesta, la forma de que los dos estuvieran a salvo… y separados.

–Se produjo en mi casa, aquí, en Atenas. Tenía una villa en Kolonaki –Milly esperó con la mano en su mejilla, acariciándolo con ternura–. Daphne, mi hermana, y… y Talos, su hijo…

Milly lanzó un gemido de dolor.

–Alex…

–Murieron –negó con la cabeza–. Debería haberlos salvado.

–¿Cómo?

¿Podría contárselo todo?, ¿decirle la terrible verdad? Sí, debía hacerlo por el bien de ambos.

Respiró hondo, abrió los ojos y dijo:

–Voy a empezar por el principio.

Capítulo 14

MILLY observó a Alex mientras se separaba de ella, se aflojaba la pajarita y se quitaba la chaqueta. Incluso en aquel momento, sobre todo en aquel momento, estaba increíblemente atractivo, a pesar del dolor que expresaba su rostro. Milly quiso abrazarlo y decirle que lo quería.

Pero no se atrevía. Además, no era el momento. El momento era el de la historia de Alex, por fin. Y tal vez su relato los uniera. Ella rezaba para que fuera así.

—El principio es que mi padre era un hombre terrible. Nos maltrataba a mi madre, a Daphne y a mí —Milly abrió la boca para manifestar su horror, pero Alex la cortó antes de que pudiera decir nada—. Era listo, por lo que nadie lo sabía. Lo hacía de modo que pareciera que fuera culpa nuestra, que hacíamos algo para provocarlo. Se ponía hecho un energúmeno.

—Lo siento…

—Desde fuera, parecíamos la familia perfecta. Mi padre tenía éxito en los negocios, mi madre era hermosa, y Daphne y yo, hijos modelo. No podíamos ser otra cosa a causa del miedo. No teníamos amigos, solo conocidos. Era más fácil así.

Lo cual explicaba la necesidad de encerrarse en sí mismo y de distanciarse de Alex, pensó Milly con dolor. Él se metió las manos en los bolsillos de los pantalones y miró por la ventana.

–Un día, mi padre fue demasiado lejos y le rompió el brazo a mi madre. Y eso no se podía ocultar. Me enfrenté a él. Yo tenía quince años, ya era casi un hombre. Y le di una paliza que estuvo a punto de costarle la vida: le rompí la nariz, la mandíbula y la muñeca. Le produje una hemorragia interna y tuvo que estar hospitalizado varias semanas.

Milly se imaginó la horrible escena. Sospechaba que él quería dejarla conmocionada, y lo había conseguido. Sin embargo, quería oír el resto de la historia.

–¿Qué pasó después?

–Me denunció. Mi padre creía estar por encima de la ley, pero decidió que yo no lo estuviera. Pasé unos meses en un reformatorio. Cuando salí, mi padre se había marchado a trabajar a Oriente Medio. Y mi madre se había casado con Christos, mi padrastro.

Milly esperó sabiendo que tenía que haber más, mucho más.

Alex prosiguió al cabo de unos segundos.

–Yo estaba enfadado y hacía la vida imposible a todos, pero Christos se hizo cargo de mí. Me trató como si fuera su propio hijo. Y aprendí a controlarme. Todos teníamos cicatrices por el modo de tratarnos de mi padre, lo cual se manifestó de distintas maneras –Alex se detuvo y Milly supo que lo peor estaba por llegar. Aún no había hablado de su hermana.

–A los veinte años, Daphne se casó con un maltratador, Nikolaos Aganos. Al principio no nos dimos cuenta de lo que sucedía. Ella lo disimulaba bien y tal vez no queríamos darnos cuenta; tal vez cerramos los ojos porque éramos expertos en hacerlo. Pero las cosas empeoraron. Hace dos años, ella lo dejó y vino a mi casa con Talos, su hijo de cuatro años. Nunca olvidaré su aspecto al llegar: un ojo morado y cardenales en la garganta –se le quebró la voz.

Milly extendió la mano descando consolarlo. Sabía que había habido un incendio y que Daphne había muerto…

–Talos estaba tan aterrorizado que había perdido el habla. No decía nada, solo se aferraba a su madre y ocultaba el rostro.

–Tuvo que ser terrible –musitó ella. Cualquier cosa que dijera sería inadecuada–. Lo siento mucho.

–¿Y sabes cómo reaccioné? Me enfurecí, como me había pasado con mi padre. Me invadió una ira que no podía controlar. Y me dejé guiar por ella. No aprendo, ¿verdad?

–¿A qué te refieres?

–Dejé allí a Daphne y Talos, solos en mi casa, a pesar de que sabía que estaban aterrorizados. Y fui a buscar a Aganos. Creo que si lo hubiera encontrado lo habría matado. De hecho, cstoy seguro –afirmó con una sonrisa gélida.

–Pero no lo encontraste.

–No, porque, mientras yo estaba en la ciudad buscándolo, él había ido a mi casa y la había prendido fuego.

Milly se tapó la boca con la mano.

–No…

–Sí. Daphne y Talos dormían y las puertas estaban cerradas con llave. Cuando volví, la casa ardía por los cuatro costados.

Entonces, ¿por qué tenía cicatrices?

–Entraste a salvarlos, ¿verdad?

–No sirvió de mucho. Los encontré abrazados, inconscientes por el humo. Los saqué y una viga ardiendo me cayó en la cara cuando salía por la puerta.

Pero nada de eso importa. Murieron al cabo de una hora, debido al humo que habían inhalado.

–¡Ay, Alex!

–Si hubiera estado allí…

–¿Cómo ibas a saberlo? El incendio no fue culpa tuya.

–Yo no encendí la cerilla, pero soy culpable. Me dejé llevar por la ira, no por la empatía. Elegí vengarme en vez de quedarme con mi hermana y su hijo y, en consecuencia, murieron.

–Podían haber muerto de todos modos –sostuvo Milly.

–No digas cosas que no crees.

–Podías haber muerto tú también.

–No, la única razón por la que Aganos fue a mi casa fue porque sabía que no estaba allí. Lo dijo durante el juicio. Había estado vigilando la casa.

–Aún así… –empezó a decir Milly, pero se detuvo porque sabía que lo que dijera en aquel momento era crucial, que su relación podía cambiar por las palabras que pronunciara. Pensarlo le dio miedo, ya que no sabía qué decir.

Tal vez Alex tuviera razón y su hermana y su sobrino no habrían muerto, si hubiera estado allí. Tal vez se hubiera dejado llevar por la ira, como otras veces, pero había sido una cólera justa, motivada por el amor, el dolor y el deseo de justicia.

–No puedes seguir torturándote por eso, Alex. No puedes seguir viviendo en el pasado.

–Mi hermana y su hijo están muertos –afirmó en tono salvaje volviéndose a mirarla–. Por mi culpa. ¿Y me pides que me olvide?, ¿que me dé un respiro? ¿Crees eso de verdad o por fin te has dado cuenta de que no soy el hombre que creías, que esperabas que fuera? Porque de eso se trata, ¿verdad? –su boca se torció en una mueca de desprecio–. A pesar de lo que te hayas dicho a ti misma, has empezado a quererme, ¿verdad? Te habías empezado a imaginar un cuento de hadas y ahora sabes que no deberías haberlo hecho.

Milly parpadeó. Sus palabras eran como martillazos en su corazón que se lo habían dejado hecho pedazos.

–No dirás que no te lo advertí –prosiguió él–. Lo único que quería de este matrimonio era un heredero, pero tal vez sea mejor que no tenga descendencia. No soy el hombre que deseabas que fuera, Milly. Ahora lo sabes, antes de que sea tarde.

–¿Tarde para qué? –preguntó Milly temblando. Sabía que la estaba echando de su lado a propósito, y le dolía inmensamente. Sus ilusiones se habían hecho añicos, pero no por lo que Alex había reconocido, sino por la razón por la que lo había hecho: porque no deseaba que lo quisiera.

–¿Quieres que me vaya, Alex? ¿De eso se trata?

Él se encogió de hombros con frialdad.

–Haz lo que quieras.

Milly tragó saliva y se esforzó en no sentirse herida. Sabía que quería herirla, lo cual ya era suficientemente doloroso, con independencia de las palabras que utilizara. Estuvo tentada de marcharse y de ahorrarse más dolor. Sin embargo, sabía que no podía hacerlo, que no quería.

–No puedo separarme de ti, Alex, tanto si quiero como si no.

Él hizo una mueca.

–¿Te lo impiden nuestros votos? –preguntó él en tono sardónico.

–No –contestó ella temblando por dentro y por fuera. Se llevó la mano al vientre imaginándose el principio de vida que sabía que había en su interior–. Estoy embarazada.

Alex la miró fijamente durante un minuto, aturdido. Observó su expresión aterrorizada y la mano temblorosa en el vientre.

–Embarazada. ¿Estás segura?

–Sí.

Siguió observándola y vio que le temblaban los labios, además de la mano y que apartaba la vista de él.

–¿De cuánto estás? –preguntó él mientras la sospecha crecía en su interior–. ¿Cuánto hace que lo sabes?

–Un poco –seguía sin mirarlo.

–¿Cuánto? –insistió él en tono duro.

–Unas semanas. Creo que me quedé embarazada la noche de bodas –musitó ella. Alex se volvió hacia la ventana sintiéndose dolido y traicionado. De eso hacía casi dos meses. ¿Por qué no se lo había dicho? ¿Por qué le había mentido?

–¿Ibas a decírmelo? –preguntó con voz furiosa.

–Claro que iba a decírtelo. Solo que… tenía miedo. Él se volvió de nuevo hacia ella.

–¿Miedo?

–Sí, miedo –se mordió el labio, lo cual a él le recordó su miedo en la noche de bodas. El miedo que, según parecía, él siempre le había causado. ¿Cómo se le había ocurrido que aquello podría funcionar?, ¿que un hombre como él, con cicatrices internas y externas, podía querer a alguien y, lo que era más importante, que ese alguien lo correspondiera?

–Podemos divorciarnos.

–¿Qué? –Milly lo miró con los ojos como platos–. No hablas en serio.

Él no sabía si hablaba en serio o no. Estaba aturdido, abrumado por todas las emociones que había experimentado en una sola noche: darse cuenta de que quería a Milly, contarle la verdad, percatarse de que ella no lo quería... y enterarse de que había un bebé de camino. Un hijo, lo que él quería...

–No lo sé, pero, en estos momentos, me parece una decisión sensata.

Recordó que había dicho a Milly, mientras resolvían los detalles del acuerdo, que, cuando se quedara embarazada, no volvería a tocarla. A pesar de la química que había entre ellos, era evidente que su relación era imposible.

–De todos modos, ahora que estás embarazada, no hay motivo para que sigas en Atenas. Puedes volver a Naxos mañana.

Milly lo miró durante unos segundos.

–¿Es lo que quieres? –preguntó.

Alex se obligó a asentir. Era mejor así.

–Sí, es lo que quiero –hizo una pausa y le escudriñó el rostro en busca de afecto o esperanza, pero ella no dejó traslucir nada–. Doy por sentado que es lo que tú también deseas. Dijiste que Naxos era tu hogar.

–Sí.

–Entonces, no hay problema –esperó a que ella dijera algo, lo que fuera. Bastaría una sola palabra para que él retirara todo lo dicho y le rogara que se quedase.

Pero se había expuesto mucho esa noche. Le había contado todo, se sentía muy vulnerable y no creía poder volver a hacerlo sin una palabra de ella, sin algo que le diera esperanza, que lo ayudara a creer.

Así que esperó un minuto, pero ella no dijo nada, sino que se limitó a asentir. Alex, lleno de ira y dolor, salió de la habitación.

Esa noche, Milly durmió en la habitación de invitados. Alex oyó con pesar que cerraba la puerta con llave. ¿Creía que iba a entrar a exigirle sus derechos?

Tardó horas en conciliar un sueño intranquilo. Cuando se despertó por la mañana vio que ella ya se había ido.

–Ha pedido un taxi –le informó el portero al preguntarle–. Muy temprano. Me dijo que iba a tomar un avión de vuelta a Atenas.

Era evidente que Milly se moría de ganas de abandonarlo. Él esperaba que lo hubiera acompañado a Atenas y que hubiera vuelto a Naxos en su yate. Pero se había marchado sin despedirse. Quería marcharse lo antes posible.

Mejor así.

Pero él no se sentía mejor en absoluto, sino dolido y enfadado, lleno de un profundo pesar. Sin embargo, ¿podía culpar a Milly por haber aceptado lo que le había ofrecido?

No. Respiró hondo y trató de calmarse. Esa vez no se enfadaría ni estaría dolido. Le daría igual.

Sin embargo, la ausencia de Milly lo estuvo corroyendo durante la vuelta a Atenas y las dos semanas siguientes, ya que no sabía nada de ella y se negaba a ser él quien se pusiera en contacto con ella. Se conformó con saber, a través de Yiannis, que había llegado bien a Naxos.

«Mejor así», se dijo.

Tal vez si seguía repitiéndoselo llegaría a creérselo, a creer que podía vivir solo y, si no podía ser feliz, estar al menos satisfecho. Pero no se sentía ni lo uno ni lo otro, y, cada día que pasaba, lo torturaba la soledad.

Descolgaba el teléfono varias veces al día y comenzaba a marcar. Solo la llamaría para saber si estaba bien y cómo iba el embarazo. Pero colgaba. No era capaz de hacerlo.

Tres semanas después de aquella horrible noche en Roma, Yiannis lo llamó.

–Alex, se trata de Milly.

Capítulo 15

HABÍA sucedido muy deprisa. Milly iba andando por el polvoriento sendero que conducía a Halki, intentando disfrutar del bello día otoñal y olvidarse del dolor que la acompañaba desde que había dejado a Alex en Roma, cuando se cayó de bruces y la tierra se le clavó en las manos, las rodillas y la barbilla.

Demasiado aturdida para darse cuenta de lo que le había pasado, se quedó tumbada unos segundos. Se levantó llevándose una mano protectora al vientre. A las catorce semanas de embarazo, ya se le notaba un pequeño bulto. Entonces sintió una humedad caliente entre las piernas y le entró pánico.

Le dolía el cuerpo y tenías las manos, las rodillas y el rostro manchados de sangre, pero lo peor era el miedo a estar sangrando, a perder al bebé.

Volvió como pudo a la villa, aterrorizada al sentir un dolor en la parte baja de la espalda. Eran contracciones. Tenía contracciones a pesar de lo poco avanzado del embarazo.

—No, por favor —gimió. Llamó por teléfono a Yiannis, que llegó al cabo de pocos minutos, la metió en su camioneta y la llevó al hospital de la capital de Naxos.

—Debo llamar a *kyrie* Santos —dijo Yiannis cuando estaban en la sala de espera. Aunque Milly no le había dicho nada, creía que Yiannis sospechaba que se habían separado–. Querrá saberlo.

¿Querría? Habían pasado tres semanas y no había sabido nada de él.

Milly se había maldecido por no haberle dicho que se había enamorado de él, para después intentar convencerse de que había hecho bien al marcharse, cuando era tan dolorosamente evidente que él quería apartarla de su lado. No querían lo mismo, y él no estaba dispuesto a arriesgarse. Y, en cualquier caso, eso era lo que habían acordado.

Pero ahora solo pensaba en el bebé, en su precioso bebé, tan pequeño y frágil en su interior.

Yiannis se fue a llamar a Alex. Al volver le dijo:

–*Kyrie* Santos va a mandar una ambulancia aérea para que la lleven a Atenas.

–¿Qué? Pero…

–Aquí, las instalaciones no son adecuadas para una emergencia. Muchas mujeres van a Atenas –apretó la mano de Milly–. Todo saldrá bien.

Pero Milly se temía que no fuera a ser así. Y, aunque era ridículo, le dolía que Alex enviara una ambulancia en vez de ir él en persona. Pero a él no era ella la que lo preocupaba, sino su heredero.

El corto vuelo hasta el hospital de Atenas fue la experiencia más solitaria y aterradora de la vida de Milly. Las contracciones y la pérdida de sangre continuaron, por lo que se temía lo peor. Como en el helicóptero solo cabía el paciente, Yiannis no pudo acompañarla.

La sensación de miedo y soledad continuó al llegar al hospital, donde, tras examinarla, decidieron hacerle una ecografía para ver cómo estaba el bebé. Aunque alguno de los médicos hablaba algo de inglés, no era suficiente para que Milly entendiera lo que sucedía.

Mientras esperaba a que se la hicieran, sin saber si el bebé estaba vivo o muerto, lo único que quería era que Alex estuviera allí. Había sido una estúpida. Ahora, al enfrentarse a aquello sola, sabía lo que debería haber hecho aquella noche en Roma.

Debería haber sido valiente y haberle dicho a Alex que lo quería, por mucho que él intentara mantenerse distante, y que su pasado le daba igual. Debería haberlo abrazado y besado sus cicatrices mientras le prometía que el amor lo curaría. Si lo hubiera hecho, si le hubiera dicho todo lo que guardaba en el corazón, tal vez no estuviera sola en aquel momento; tal vez Alex hubiera reconocido que sentía algo por ella; tal vez se habría atrevido a hablarle con sinceridad.

Pero ella había observado su rostro furioso, había oído su frío tono y se había marchado, mientras le resonaba en el cerebro la inseguridad que siempre había sentido.

«Nadie te ha querido. Nadie ha luchado por ti ni a nadie le has importado lo suficiente para arriesgarse por ti. ¿Por qué pensaste que Alex lo haría?».

Por eso no había dicho nada y se había marchado con el corazón partido.

Lo peor de todo era que creía que ya era tarde. Alex ni siquiera había ido a ver cómo estaba. No se había puesto en contacto con ella en las tres semanas anteriores, ni siquiera para preguntar por el bebé. Si había habido algún momento en que ella le había importado, había pasado. Y ya era demasiado tarde.

–¿Dónde está mi esposa? –preguntó Alex en tono amenazante y autoritario. La recepcionista lo miró con los ojos muy abiertos al darse cuenta de su fuerza y de su estatura.

–¿Su nombre, por favor?

–Alexandro Santos, y mi esposa es Milly Santos. Ha llegado hace veinte minutos en ambulancia aérea por un posible aborto espontáneo –esas palabras lo dejaron sin aliento por el dolor que le producían–. Quiero verla inmediatamente.

Había pasado poco más de una hora desde que Yiannis lo había llamado para decirle que Milly se había caído y que su embarazo corría peligro. Una hora en que no había dejado de hacerse reproches.

¿Cómo podía volverle a fallar a alguien a quien quería? ¿Cómo podía haber vuelto a marcharse, en vez de quedarse donde lo necesitaban? No debería haber dejado a Milly volver sola a Naxos. No debería haberse quedado callado, por orgullo y vergüenza. Si algo le pasaba al bebé, al hijo de ambos, nunca se lo perdonaría.

–A *kyria* Santos están a punto de hacerle una ecografía –le dijo la recepcionista–. Por allí, a la izquierda.

Alex siguió sus indicaciones con los puños cerrados y el corazón desbocado. Esa vez, todo tenía que salir bien, no podía acabar en una tragedia, como había sucedido antes.

Pero sabía que no había garantías. Ningún hada vendría a prometerle un final feliz con su varita mágica. En la vida, las cosas no eran así, por lo que al doblar la esquina del pasillo se preparó para lo peor.

–Alex –la voz de Milly sonó como si se la hubieran arrancado del pecho. Fue un grito que envolvió el corazón de su esposo.

Se arrodilló ante ella y la abrazó, mientras ella apoyaba el rostro en su hombro temblando a causa de los sollozos.

–Milly, *agapi mou*, mi amor –las palabras le salieron del corazón, y Alex se alegró. Le puso las manos en los hombros y la echó hacia atrás para verle el rostro–. ¿Estás bien? ¿Te has hecho daño? –tenía la barbilla manchada de sangre y un cardenal en el pómulo.

–Son solo arañazos. Pero el bebé, Alex, nuestro bebé…

–¿Te han hecho la ecografía?

–Aún no. Pero he sangrado y he tenido contracciones. Estoy muy asustada, Alex.

Él volvió a abrazarla y le acarició el cabello mientras le decía palabras de consuelo, *agapi mou*, *kardia mou*; mi amor, mi corazón. No sabía si las entendía, pero no podía dejar de decirlas. Ahora que ella volvía a estar en sus brazos y que la vida de su hijo corría peligro, supo que las decía más en serio de lo que había dicho nada en su vida.

La quería. Y se lo diría, tanto si ella le correspondía como si no. Deseaba que lo supiera, lo necesitaba.

–¿Milly Santos?

Los dos se pusieron tensos cuando la enfermera la llamó. Alex la ayudó a levantarse y la acompañó a la sala donde le harían la ecografía.

–Siéntense, por favor. Los atenderán enseguida.

Unos segundos después, apareció la persona encargada de realizar la ecografía. Era una mujer de aspecto amable y con una simpática sonrisa. Alex observó a Milly mientras se subía la camisa y dejaba al descubierto el pequeño bulto. Ahí estaba su hijo. Se le llenaron los ojos de lágrimas y tragó saliva con fuerza.

–Veamos cómo está el bebé –murmuró la mujer en griego. Le extendió a Milly el gel por el vientre y comenzó a examinarla. En cuestión de segundos apareció en la pantalla una imagen borrosa, en blanco y negro. El bebé.

Pero no se movía.

–Alex –Milly lo agarró de la mano y él se la apretó intentando transmitirle fuerza y esperanza.

Entonces, como el milagro que verdaderamente era, la diminuta forma de la pantalla estiró un brazo. La técnica subió el volumen del ecógrafo y la sala se llenó de un fuerte sonido.

–Es el corazón del bebé –les explicó–. Parece un caballo galopando.

–¿Eso quiere decir que está bien? –preguntó Milly con voz trémula, en un griego vacilante. Se volvió hacia Alex–. Pregúntale tú. Yo no entiendo bien el griego.

–Por supuesto.

Alex habló con la mujer y luego se volvió hacia Milly, incapaz de ocultar la emoción de su voz y sus ojos

–El bebé está bien, completamente sano. Quieren que te quedes en el hospital durante unos días y, después, que guardes reposo durante un tiempo, porque las contracciones les preocupan. Pero todo va bien, Milly –se le quebró la voz–. Nuestro bebé está bien.

No hablaron mientras llevaban a Milly en silla de ruedas a la mejor habitación que Alex había conseguido. Parecía agotada y estaba pálida. Alex se dijo que necesitaba dormir.

–Alex… –él le puso los dedos en los labios.

–Calla, tienes que dormir. Hablaremos después –se sentó en una silla la lado de la cama–. No voy a marcharme.

Ella asintió y se quedó dormida enseguida.

Milly se despertó lentamente mientras recordaba lo sucedido: la caída, la ambulancia y Alex.

Volvió la cabeza, temerosa de que se hubiera ido,

pero allí estaba, como le había prometido. Estaba dormido.

Alex abrió los ojos y se irguió en la silla.

–Estás despierta.

Se inclinó hacia delante escudriñándole el rostro.

–¿Cómo te encuentras?

–Me duele todo. Y sigo muy cansada –le tendió la mano y él se la tomó–. Alex…

–Espera, no digas nada.

–¿Por qué no?

–Porque quiero decirte algo primero.

Ella tragó saliva. No tenía ni idea de lo que iba a decir, pero le daba miedo. Estaba muy serio.

–Muy bien.

–Milly, lo siento. Lo siento mucho –dijo con los ojos brillantes a causa de las lágrimas.

–¿Qué… qué es lo que sientes?

–Haberte fallado. Hay muchas cosas que no debería haber hecho. No debería haber supuesto determinadas cosas en la noche de bodas, que la convirtieron en un desastre. No debería haberte pedido que anuláramos el matrimonio. No debería haber intentado alejarte de mí repetidamente porque soy un cobarde.

–Alex…

–Y, sobre todo, no debería haberme callado que te quiero.

A Milly le pareció que el corazón se le iba a salir del pecho.

–Me…

–Sí, te quiero. Creo que me enamoré de ti desde el principio, aunque me convencí de que no sentía nada. Y en estas últimas semanas, el tiempo que hemos pasado juntos, el valor y la bondad que me has demostrado…

–¡Valor! –Milly rio–. He sido tan cobarde como tú. ¿Por qué crees que no te dije nada esa noche en Roma?

Él negó con la cabeza.

–Fue culpa mía.

–Y también mía. Después de tantos años de no sentirme querida, dejé que ese miedo me dominara. Quería decirte que me había enamorado de ti, pero no lo hice por temor. Por la misma razón, no te dije que estaba embarazada. Temía que, cuando te enteraras, me apartaras de ti, me dijeras que ya no me necesitabas ni me deseabas.

Alex hizo una mueca.

–Y eso fue precisamente lo que hice creyendo que era lo mejor, aunque, en realidad, no lo creía. Las tres últimas semanas han sido un infierno. He agarrado el móvil una decena de veces al día para llamarte, pero no lo he hecho por orgullo y miedo. Y te he dejado sola estando embarazada. Si algo le hubiera pasado a nuestro hijo…

–Has llevado demasiado peso en tus hombros durante mucho tiempo. No puedes echarte la culpa de todo.

–Pero, si hubiera estado contigo…

–Me hubiera ido andando a Halki igualmente. Y si no hubiera sido paseando hacia el pueblo, habría sido en las escaleras o bajando a la playa. No eres Dios, no puedes controlarlo todo ni culparte cada vez que algo sale mal.

Él se quedó callado durante unos segundos.

–Pero han sido mi ira, mi orgullo y mi vergüenza lo que nos ha separado. Mi orgullo me impedía decirte que estaba equivocado; mi vergüenza, arriesgarme a decirte lo que sentía.

–Pero lo estás haciendo ahora –dijo Milly con suavidad. El corazón iba a estallarle de esperanza y felicidad–. Y eso es lo que importa, lo que estamos diciendo ahora. El pasado, pasado está. Alex, el dolor, el sufrimiento y los remordimientos nos han hecho como somos, pero no tienen que determinar nuestro futuro. El pasado no se puede cambiar, pero se puede redimir.

–¿Lo crees de verdad?

–Sí, con todo mi corazón.

Alex la miró. Seguían agarrados de la mano.

–¿Hablabas en serio al decirme que te has enamorado de mí?

–Completamente.

–¿Por qué?

Su expresión de incredulidad era tal que ella se echó a reír.

–Porque eres maravilloso. Eres bueno, considerado, valiente y sincero. Y muy guapo.

–¿Guapo? –se burló él, pero ella le puso la mano sobre las cicatrices.

–Increíblemente guapo y sexy. Te quiero, Alex. Me he enamorado de ti en estos meses y quiero pasar el resto de mi vida queriéndote, si me lo permites.

–¿Si te lo permito? Sería una bendición que lo hicieras. Lo único que quiero es recuperar el tiempo perdido, Milly, y quererte hasta el fin de mis días.

–¿A partir de ahora?

Alex le puso la mano en el vientre y la miró extasiado.

–Y para siempre.

Epílogo

Seis meses después

–¡Es una niña!

Alex lanzó una carcajada de incredulidad mientras el médico ponía al bebé, que berreaba, en el pecho de Milly, que rompió a llorar al acariciar los rizos negros de su hija.

–Es perfecta.

–Se parece a ti –dijo Alex besándola en la frente. El parto había durado veinte horas y Milly había demostrado una enorme valentía.

–¿A mí? Se parece a ti. Tiene los ojos azules y el cabello negro. Es preciosa.

–El color de los ojos puede cambiarle –apuntó la enfermera con una sonrisa.

–En cualquier caso, es perfecta –afirmó Alex rotundamente–. Porque es nuestra.

–Sí –dijo Milly. No habían hablado mucho de nombres, porque no querían hacerse demasiadas ilusiones. Había sido un embarazo difícil. Había guardado reposo cuatro meses y, por fin, la niña había nacido a las treinta y ocho semanas de embarazo. Y aunque los últimos meses habían sido duros, la incertidumbre de su situación había fortalecido la unión y el amor entre ambos.

Habían aprendido a apoyarse mutuamente cuando

estaban asustados o preocupados. Habían aprendido a confiar por completo el uno en el otro.

—¿Has pensado cómo vamos a llamarla? —preguntó Alex.

—Sí. Si te parece bien, podríamos llamarla Daphne.

Alex parpadeó, conmovido.

—Si de verdad quieres que se llame así…

—Claro que quiero —Milly lo miró con amor y ternura—. ¿Quieres agarrarla, Alex? ¿Quieres tener en brazos a tu hija?

Incapaz de decir nada, Alex asintió. Milly se la entregó con cuidado y Alex la acunó, sorprendido por su escaso pero abrumador peso. Era Daphne, su hija.

Como Milly le había dicho hacía meses, el pasado no podía cambiarse, pero uno podía redimirse de él. Alex podía redimirse, y la prueba estaba en sus brazos y a su lado: su hija y su esposa. Su familia.

Se volvió hacia Milly y le tendió la mano. En esos momentos no les hicieron falta palabras. Les bastó con que sus dedos y sus corazones se unieran. Estaban juntos para siempre.

Con los ojos llenos de amor, Milly le sonrió, y Alex, con el corazón rebosante de alegría, le devolvió la sonrisa.

Bianca

¿Podrían ella y el hijo que esperaba ser la clave de su redención?

REDIMIDOS POR EL AMOR

Kate Hewitt

La finca en una isla griega del magnate Alex Santos, que tenía el rostro gravemente desfigurado, era una fortaleza que protegía a los de fuera de la oscuridad que había en el interior de él. Cuando necesitó una esposa para asegurar sus negocios, la discreta y compasiva Milly, su ama de llaves, accedió a su proposición matrimonial. Pero la noche de bodas provocó un fuego inesperado, cuyas consecuencias obligaron a Alex a enfrentarse a su doloroso pasado.

Acepte 2 de nuestras mejores novelas de amor GRATIS

¡Y reciba un regalo sorpresa!

Oferta especial de tiempo limitado

Rellene el cupón y envíelo a
Harlequin Reader Service®
3010 Walden Ave.
P.O. Box 1867
Buffalo, N.Y. 14240-1867

¡Sí! Por favor, envíenme 2 novelas de amor de Harlequin (1 Bianca® y 1 Deseo®) gratis, más el regalo sorpresa. Luego remítanme 4 novelas nuevas todos los meses, las cuales recibiré mucho antes de que aparezcan en librerías, y factúrenme al bajo precio de $3,24 cada una, más $0,25 por envío e impuesto de ventas, si corresponde*. Este es el precio total, y es un ahorro de casi el 20% sobre el precio de portada. !Una oferta excelente! Entiendo que el hecho de aceptar estos libros y el regalo no me obliga en forma alguna a la compra de libros adicionales. Y también que puedo devolver cualquier envío y cancelar en cualquier momento. Aún si decido no comprar ningún otro libro de Harlequin, los 2 libros gratis y el regalo sorpresa son míos para siempre.

416 LBN DU7N

Nombre y apellido	(Por favor, letra de molde)	

Dirección	Apartamento No.	

Ciudad	Estado	Zona postal

Esta oferta se limita a un pedido por hogar y no está disponible para los subscriptores actuales de Deseo® y Bianca®.
*Los términos y precios quedan sujetos a cambios sin aviso previo.
Impuestos de ventas aplican en N.Y.

DESEO

*Hicieron el amor toda la noche sin ataduras,
pero ¿les vencería la pasión?*

El último escándalo
KIMBERLEY
TROUTTE

Chloe Harper tenía que convencer a Nicolas Medeiros, leyenda de la música pop brasileña y destacado productor musical, de que eligiera el *resort* de su familia para grabar allí su programa. Una noche con su ídolo de juventud la había arrastrado a un romance apasionado al que ninguno estaba dispuesto a renunciar. Pero los secretos familiares amenazaban con exponer su pasión a una realidad que podía distanciarlos.

Bianca

**La seducción del jeque…
tuvo consecuencias para toda la vida**

EL HIJO INESPERADO DEL JEQUE

Carol Marinelli

Khalid, príncipe del desierto, nunca había perdido el control, excepto una vez: durante su ilícita noche de pasión con la cautivadora bailarina Aubrey. Aquella noche se llevó la gran sorpresa de que ella era virgen, pero ni siquiera ese descubrimiento pudo compararse a la conmoción que Aubrey le causó cuando, ya estando de vuelta en su reino, ¡le contó que había dado a luz a un hijo suyo!

Reclamar a su hijo era innegociable para el orgulloso príncipe, pero reclamar a Aubrey iba a ser un desafío mucho más delicioso…